T0274825

ASMODEO

LARGO RECORRIDO, 200

Rita Indiana

ASMODEO

EDITORIAL PERIFÉRICA

PRIMERA EDICIÓN: mayo de 2024

© Rita Indiana Hernández, 2024
© de esta edición, Editorial Periférica, 2024. Cáceres
info@editorialperiferica.com
www.editorialperiferica.com

ISBN: 978-84-10171-09-1
DEPÓSITO LEGAL: CC-88-2024
IMPRESIÓN: Kadmos
IMPRESO EN ESPAÑA – PRINTED IN SPAIN

A Julián Rodríguez Marcos

No os olvidéis de la hospitalidad, porque por ella, algunos, sin saberlo, hospedaron ángeles.

HEBREOS 13:2

1992

LUNES

Arandelas de moho cundían el borde del espejo; la humedad se había cargado también el afiche de su último concierto, en la cueva de Santa Ana en el 86. Había sido rojo y estaba pegado a la pared, junto a la cómoda, con pedazos de tape cortados con los dedos. Su cara de entonces, de ojos delineados con pintura negra, los ángulos cincelados de su mandíbula y el collar de perro que le ceñía el cuello transparentaban fantasmagóricos en el papel. En el reflejo había otra cosa. Un hombre sin pantalones, con una camiseta de Led Zeppelin y una sardina muerta en la mano.

Las dos mujeres que habían venido con él reían ruidosamente. Eran demasiado delgadas para su gusto, con el pelo mal teñido y los dientes torcidos, dos grillos que no hubiese mirado diez años atrás. Sus risas eran agudas y raspaban el aire. Eran risas de bruja. Seguro que tenían algo que ver con su súbita impotencia; le habían hecho un trabajo, le habían dado de comer placenta, habían puesto un vello púbico suyo en el interior de una guanábana.

Una se acercó a meterse una línea del perico que había sobre la cómoda; en el espejo podía verse su verdadera apariencia: las tetas eran pellejos de pezones llenos de verrugas verdes. La otra había osado sacar de su estuche una de las guitarras que había por todo el apartamento. Tocaba lentamente las notas del comienzo de «Stairway to Heaven» y lo miraba a la cara sonriendo con dientes que no le cabían en la boca; era obvio que se estaba burlando de él, de su camiseta desteñida de Led Zeppelin, de la inutilidad de su pene. Quiso arrebatarle la guitarra, pero la bruja lo hizo girar aferrada con él al instrumento, hasta que lo soltaron juntos y fue a desgranarse contra la pared.

Al ver que se iban chillando insultos, repensó sus teorías. Quizá no sean brujas, quizá estén poseídas por brujas. Quizá las brujas estén fuera, asomadas por la ventana, y me hayan hecho ver a estas muchachas como brujas. Quizá tengo los ojos embrujados, igual que el güevo.

Caminó hasta la sala. Allí, en un librero de madera de ratán estaban sus libros, sus discos de vinil, sus casetes de música y los cinco VHS que le pertenecían, un documental de The Doors, *Teorema*, de Pasolini, *Night of the Living Dead*, *The Shining* y una película porno. Puso la porno. Sintió el calor en el abdomen que precede a una erección, pero el pene le seguía colgando como una media mojada. Apagó el televisor sin lágrimas con que llorar, pensando que eso era peor que un cáncer, que perder un brazo. Sintió frío. Se quiso morir. Se sentó en el sofá con la cabeza en las manos, pisándose con el culo unos cojones que se escurrían como el agua para ocupar todo el espacio disponible. Ese cuerpo que le había servido por décadas, un cuerpo que había sido hermoso y que había sobrevivido a todo tipo de horrores, estaba sucumbiendo a la única brujería sin antídoto: el paso del tiempo.

La luz del día entró por el ventanal del balcón; los efectos del perico se desvanecieron y con ellos se desvaneció también la sensación de unidad. El perico confundía las cosas, creaba una amnesia cerrada en la que se creía uno con su caballo, uno con ese cuerpo que empezaba a dejar de funcionar. La cantidad apropiada le permitía creerse humano, con ombligo, nacido de hembra. Un bolón de coca era el antídoto para el hartazgo inconmensurable de la eternidad. El sol le calentó las piernas, cansadas por el trajín nocturno. Quiso agua y bebió, quiso mear y lo hizo, quiso darse una ducha, pero su caballo, desobediente, volvió a echarse en el sofá. Sin perico, Rudy Caraquita, el verdadero dueño de ese cuerpo, recobraba su voluntad y Asmodeo, el demonio que lo habitaba, volvía a tener sobre su anfitrión el poder que tienen las obsesiones, los susurros, los recuerdos.

En otros tiempos Asmodeo habría creado la imagen mental de una ducha, le habría recordado a Rudy el alivio que el agua fría había traído a su cuerpo en una situación similar. De la misma forma habría abierto su apetito, lo habría convencido de desayunar, de tomarse dos, tres cafés, de repararse, de prepararse, para al final de la tarde salir a buscar otro gramito. Pero Rudy tardaba cada vez más en recuperarse de la diversión e insistía, durante esas largas resacas, en la desagradable costumbre de pensar en su pasado, en cosas tristes: las traiciones, las malas decisiones, los seis años sin componer.

En el interior de su anfitrión Asmodeo no podía evadir estas películas; si fuese un atormentador, pensaba, tendría el trabajo hecho. Le parecía cómica la espontaneidad con que la mente de su caballo hacía desfilar todos los errores cometidos. Era una tendencia humana con la que la Iglesia había hecho negocio. Era también, y Asmodeo la disfrutaba, una forma de embriaguez.

La migraña gigante que surgía junto con el sol inmovilizaría a Rudy el resto del día y le haría vomitar en una ponchera de plástico junto al sofá. No le quedaban amantes ni amigos que quisieran venir a socorrerlo, a hacerle sopa de pollo, a servirle agua con hielitos. Asmodeo calculó el tiempo que la resaca le dejaría ausentarse; abandonar su caballo suponía el riesgo de perderlo, de que otras entidades ocupasen su puesto. Pero ¿quién iba a querer montar aquella morsa?

Como un ancla que arranca corales cuando la elevan, la salida del demonio hizo que Rudy vomitara una baba amarilla con un ojo prieto en la ponchera. Afuera de Rudy y disuelto en lo invisible, Asmodeo era una nube de pensamientos sin cabeza. En ese estado la escritura de su nombre con pólvora podía someterlo a vivir en un caldero, sirviendo a intereses humanos, obligado a amarrar a amantes, a enloquecer a enemigos, a enfermar a rivales por pleitos de tierras, conjuros que podían desenredarlo como a un hilo en el viento. Para evitar estos desenlaces había establecido rutas seguras, horadadas por su ir y venir, hacia el refugio de otro cuerpo que lo recibía a cambio de favores. Sus precauciones no le hicieron falta. Lo llamaban.

Mata Hambre se llamaba así porque había sido una finca sin vigilancia y llena de árboles frutales en donde los peatones se metían a robar mangos, aguacates y guayabas. Las copas de esas matas estaban en constante movimiento, mecidas por una brisa que venía del Malecón y que hacía caer las frutas en manos de los hambrientos. Cuando Balaguer eligió esas tierras para construir allí su primer complejo de edificios en el 66, tumbaron todas las plantas comestibles y las sustituyeron por javillas, árboles que daban mucha sombra, pero cuyos frutos, además de venenosos, llenaban con el vello verde de su cáscara el agua de las cunetas. El tiempo y el sol destilaban en ellas un extracto ácido que se elevaba, hediondo, hasta el tercer piso. Tan pronto estuvo adentro de Mireya, Asmodeo pudo olerlo junto al perfume dulzón que la mujer echaba por toda la casa para disimular el tufo que provenía de una de las habitaciones.

Estar en Mireya no era lo mismo que estar en Rudy. Rudy era un traje que Asmodeo se ponía, ojos con los que veía, manos con las que agarraba, pies que acompañaba en su andar. Mireya no era un caballo: era una sala de espera, con reglas que acatar todas impuestas por ella. Esa sala de espera estaba a oscuras y caliente como un sauna. La única luz provenía de las pantallas, dos superficies al fondo de la sala donde se proyectaba lo que pasaba en el exterior de la bruja. La pantalla izquierda daba acceso a la perspectiva de Mireya, lo que tenía frente a los ojos: una clienta de unos dieciocho años, con un t-shirt de Iron Maiden, las uñas pintadas de negro y un rocío de pecas en las mejillas; el pelo, rizo y oscuro, le tapa la mitad de la cara. Asmodeo la encontró hermosa. La pantalla derecha mostraba detalles del apartamento, saltando aleatoriamente de una cosa a otra: Mireya, sentada en una silla del comedor vestida con un conjunto fucsia y pollina; los muebles de pino, con la pátina del aceite con el que los brilla; las ventanas de aluminio; un san Antonio Abad frente al que arde la vela negra que Mireya usa para llamar a Asmodeo.

En la sala de espera, que solía estar llena de entidades, reinaba un inusual silencio. Asmodeo se arrellanó a contemplar las imágenes, hasta que una peste picante y amarga se regó por el extraño cine y se dio cuenta de que no estaba solo. Bajo la débil luz de las pantallas, un maciliento mico con cuernos batía sus alas sonreído. Era Icosiel, un demonio pestilente. «¿Qué haces aquí viejete?», le preguntó, e

Icosiel le respondió, cacareando la risa: «Buscando nueva residencia para mi célebre flatulencia». Buscaba una yegua y había venido a ver a la clienta de Mireya, que en la pantalla izquierda explicaba las razones de su visita: «Siento un peso en la cabeza, en la nuca, en los hombros, un dolor en los huesos que no me deja dormir». Con su ropa negra, su tierna agresividad, no sabía que la estaban subastando, y sus ojos parecían penetrar a Mireya hasta la sala de espera, mirar a Asmodeo, pedirle ayuda a él.

Al igual que Icosiel, Asmodeo también buscaba un caballo nuevo, un macho joven, porque el suyo estaba hecho mierda. «Quizá esta chica tenga algún amigo –pensó Asmodeo– con quien podría convivir.» Era un desperdicio que se fuera llena con la asquerosa convalecencia de Icosiel, para cuyos chistes rimados tenía muy poca tolerancia.

Mientras en la pantalla izquierda la muchacha le pedía a Mireya una limpieza espiritual, en la pantalla derecha aparecía el payaso de cerámica que colgaba sobre el viejo televisor y luego el cenicero de cristal de la mesita de centro, limpio excepto por un chicle mascado. En esa misma pantalla Mireya entrecruzó los dedos llenos de anillos sobre la mesa y, presa de falsas genuflexiones, rezó la oración del santo cayado, una bobería que se había inventado con el fin de que Asmodeo supiera que iba a crear un objeto mágico para esa clienta. El objeto sería un refugio fuera del cuerpo de Rudy, fuera de la sala de espera de Mireya, un tercer garaje desde donde Asmodeo podría asomarse al mundo de la muchacha.

Mireya sacó un cuchillo militar de detrás del cuadro de san Antonio Abad. Le pidió a la muchacha que agarrara el mango con el filo hacia abajo, diciéndole con una falsa voz maternal que aquel cuchillo la limpiaría, que era una protección. La muchacha se arrodilló como un caballero que va a recibir un honor de su reina, y Mireya, tomando la vela negra con que había llamado a Asmodeo, dejó caer una gota de cera sobre la empuñadura y escupió sobre la navaja. Asmodeo salió expulsado del interior de la bruja junto con su saliva y se clavó en el cuchillo, no sin escuchar los improperios del desplazado Icosiel, que abandonaba a su vez la salita de espera en forma de eructo.

De todas las emociones humanas que podía reconocer en sí mismo era la nostalgia la más recurrente. Mientras se acotejaba en el cuchillo, al fondo del bolso de la clienta de Mireya, Asmodeo recordaba, quizás Mireya también, la forma en que se habían conocido. Tras perder su caballo en la guerra del 65, vagaba por las ruinas de la Zona Colonial, perdidas las esperanzas de que una hechicera le consiguiera otra cabeza. Por las noches, apostado en una gárgola, contemplaba la espiral de almas perdidas que suplicaba en idiomas de Europa y de África en torno al eje de piedra de la Catedral. De ese basurero un demonio no podía sacar ningún provecho. En cambio, en las horas laborales de la calle El Conde, con sus tiendas y restaurantes llenos de vivos, qué hermoso espectáculo se desplegaba. Pasaba los días dentro de un maniquí en una vitrina y desde aquel caparazón de plástico codiciaba los cuerpos que se detenían a admirar su traje de novia, sus dientes pintados, su pelo de muñeca. Peor que la codicia que le suscitaban esos caballos sin dueño era la envidia que sentía por los seres que se paseaban marcando el paso sobre sus caballos, montados en elegantes señoras, jóvenes revolucionarios, sacerdotes y enfermeras, desde donde lo reconocían bajo el velo blanco y se burlaban de su patética residencia.

Una tarde, en el 69, una niña se acercó a la vitrina con su padre, un hombre que encendía su cigarrillo con dedos de bebé gigante. La niña llevaba un vestido que ya le quedaba pequeño, botas ortopédicas de charol negro y un Tribilín de trapo en la mano. Clavó la mirada en los ojos de Asmodeo y pegó el Tribilín al escaparate, moviéndolo como si limpiara las manchas del cristal con el muñeco y, mientras su padre fumaba, cantó:

Pececito mío ven
pececito mío ven
que te estoy esperando aquí
que te estoy esperando aquí.

La niña le hablaba. La canción era para él. Asmodeo susurró «¿Quién manda?», y la pequeña Mireya le contestó sin mover los labios: «La samaritana». Un bullicio de metales se acercó por las aceras; los músicos de la banda de Bomberos avanzaban afinando sus instrumentos camino a un concierto en el parque Colón; el aire se llenó de esas disonancias, del sudor y el perfume en sus uniformes azules. Mireya dio una última vuelta al muñeco contra el cristal del escaparate y Asmodeo, saliendo expulsado del maniquí, terminó instalado en el Tribilín. Sorprendido con el dominio de la pequeña bruja, se acurrucó en aquellas tripas de colchoneta, feliz con la posibilidad de un cambio.

Llegaron a Mata Hambre en el Impala que Arsenio, el padre de Mireya, manejaba para un coronel. Las javillas recién sembradas eran estacas. Los apartamentos, de paredes decoradas con gotelé y pintura de aceite color mostaza, todavía no se habían repartido y los edificios, vacíos de gente, aunque estaban nuevos, lucían sombríos. Arsenio y Mireya eran los únicos moradores de aquel conjunto, cuyas áreas comunes nunca se verían tan limpias como entonces. La casa estaba ordenada excepto por el baño, sobre cuyo inodoro había un joven amarrado y amordazado con la camisilla sucia de sangre, parte del trabajo que Arsenio realizaba para el Gobierno. Mireya colocó el Tribilín en el sofá de la sala y desde allí Asmodeo la vio sacar algodón y mercurio cromo de las bolsas que habían traído para curar las heridas del muchacho.

Por la noche, mientras su padre trabajaba en el baño con la puerta cerrada, Mireya se acostó abrazada al Tribilín y, bajo la frazada rosada, comenzaron a dar forma al negocio. «Déjame entrar», pidió el demonio, y ella tocó la nariz del muñeco con la suya. Asmodeo pasó al cuerpo de la niña en un tránsito delicado que hizo que ambos olieran rosas un segundo. En aquel entonces Mireya todavía no era una sala de espera y pudo moverla a su antojo. Primero las manos, los codos, el torso. Se quitó de encima la tosca frazada vieja, puso los pies descalzos en el piso y siguió con sus oídos de niña el ulular del viento hasta llegar al balcón. Allí se palpó los lóbulos, perforados con dormilonas de oro, la lengua; se olió la saliva. Del baño llegaban los gritos amortiguados del muchacho y del interior de la niña un rumor de voces como el de un mercado, diciéndole: «Esta no es tu mula, esta es maga dura y por un precio va a buscarte una montura». Esa concurrencia lo echó fuera; Mireya se desplomó en el balcón y Asmodeo fue a parar al charco de sangre que las labores de Arsenio dejaban en el piso del baño. Qué distintas eran aquellas moléculas, qué vistosa su vital viscosidad. Era hierro para filigranas; se diría que era miel y que cantaba. Cincelado en espiral, Asmodeo halló el futuro. Aquella era sangre de poeta.

La mugre en el aire había ennegrecido las puntitas del gotelé de los muros, cubiertos también de firmas, garabatos y números telefónicos. No los habían pintado desde la inauguración de los edificios y en la húmeda oscuridad de aquellas escaleras era fácil imaginar a un violador escondido. Sayuri bajó los escalones reconociendo con los dedos, por encima de la tela de su bolso, la forma dura del mango del cuchillo. En la claridad de la calle se sintió segura y capaz de usarlo. Era, como Mircya le había dicho, una protección.

Un frío-frío se había detenido a proteger su bloque de hielo bajo la sombra de las javillas. Había algo violento y hermoso en el sonido del hielo afeitado, en el ataque rítmico con que el hombre producía la nieve para luego mancharla, lentamente, con el rojo sangre de la frambuesa. Sayuri compró uno y, con él en la mano, atravesó la Bolita del Mundo, que lucía desolada porque a esa hora las prostitutas estaban durmiendo. Amarrado a una de las astas sin bandera que rodeaban la plaza, un burro mordisqueaba la grama quemada de la acera. Tan pronto cayera el sol, cueros y chulos empezarían a caminar, como laboriosos satélites, alrededor del globo terráqueo de hormigón armado.

La incandescente soledad del monumento, de borrosos y contrahechos mapas continentales, le pareció siniestra. No era el tipo de cosa que aparecía en esas películas de terror que tanto le gustaban. Este era otro tipo de horror, un horror solar, de luces que iluminan demasiado hasta achicharrar el alma.

Hacía pocas décadas, ruidosos Volkswagens secuestraban a gente como ella a plena luz del día. Plena luz del día, repitió para sí, era un buen título para una canción. Sayuri no escribía canciones, pero se le ocurrían muchas ideas sobre el tipo de historias que contaría en ellas de escribirlas algún día. Pensaba en Vietnam, pensaba en Pol Pot, en la calurosa y sobreiluminada violencia de los trópicos. Pensaba en el odioso limbo de los cañaverales que producía el azúcar que ahora bajaba congelado por su esófago.

Sintió asco, vació el frío-frío en el asfalto y metió la mano en el bolso para volver a agarrar por el mango el cuchillo. Ese contacto y la franja azul cobalto del Malecón la tranquilizaron. El salitre rociaba histérico la avenida y, mientras la cruzaba, Sayuri abrió la boca para recibirlo. Sobre el arrecife una mujer de grandes tetas en un vestido strapless plateado posaba en toga y birrete frente a un fotógrafo. Llevaba tacos y hacía esfuerzos por no caer en las puyas de piedra y por evadir las olas que saltaban excitadas con su presencia. Sayuri se relamió la sal deseando que la mujer se cayera e imaginó el daño que los dientes del arrecife le harían.

La serpiente de bancos de hormigón armado del Malecón se extendía hasta el infinito. A Sayuri le gustaba pensar que Trujillo había diseñado aquel corredor sabiendo que en él se casaría con la muerte. A Sayuri le gustaba pensar en la era de Trujillo y en los doce años de Balaguer. En la intensidad de vivir en una dictadura, en el miedo, en las torturas. Conocía el nombre original de los edificios de la época que plantaban, simétricos, sus caras al mar, y penetraba mentalmente sus interiores visualizando las vidas de sus pasados habitantes, que se movían solos como en un museo de maniquíes traslúcidos. A Sayuri le gustaba pensar en los muertos, en el rastro que dejaban las coreografías de los vivos. En que dejaban algún tipo de rastro. Por esa misma razón le gustaba el mar, con sus barcos hundidos, su infinitud de ahogados, la amalgama de criaturas muertas y vivas que le restrellaba como moléculas de yodo en la garganta.

Al llegar a la playa de Güibia, caminó entre esqueletos de hierro que habían sido columpios, tubos de los que el óxido sacaba sierras y que brotaban de una arena escondida bajo las hojas secas de los almendros. Bajó hasta la arena por una escalerita esculpida en el arrecife y se quitó los zapatos para mojarse los pies.

Un escamado leviatán de plata se acerca
a lamerle el lomo
como un sol a tu silueta
eléctrica posibilidad que junta nubes
que se te parecen.

Asmodeo componía versos. Componía versos que solo él podía escuchar. Versos que brotaban de él, hechos con las palabras de las que estaba hecho. Asmodeo era un poema.

Había hecho en silencio todo el trayecto, dentro del cuchillo, rodeado por el puño de Sayuri. En su mano cerrada Asmodeo había reagrupado el volátil polvo de su cuerpo, se había estabilizado, comprimido en el silencio de una contemplación. Contemplaba a Sayuri, sus pensamientos, las concatenaciones de su imaginación, la sutil injerencia estética que su mirada ejercía sobre el paisaje, sobre las piedras, sobre el olor del aire. La tarde se arrodillaba ante sus botas de vaquero, que se hincaban en un presente perfumado con fantasmas, visiones, una sintonía con el mundo invisible que nadie le había enseñado a aprovechar.

A pesar de que la playa estaba contaminada, el mar traía un aroma a huesos limpios. Sayuri se sentó, sacó el cuchillo del bolso y lo clavó en la arena. El agua estaba llena de algas, envases de plástico y co-colondrios, pero Sayuri miraba algo más allá de la basura, cuerpos humanos sentados sobre tablas de surf, donde el mar recobraba su color esmeralda. La sal había hinchado los labios de la muchacha; su piel comenzaba a quemarse, a cambiar de color, sus átomos parpadeaban con el ir y venir de la marea. Se oyó un silbido y la boca de Sayuri se estiró, preciosa, hasta mostrar los dientes y sonreír. Asmodeo se asomó curioso a la razón de aquel prodigio y vio a un muchacho que bajaba hacia la playa vestido de negro y con un chaleco amarillo de empacador de supermercado.

Guinea era muy alto, de músculos alargados; llevaba el pelo en una coleta y en las orejas tenía unas calaveras de acero inoxidable con furiosos rubíes de plástico por ojos. Se quitó el chaleco del trabajo y se tiró de costado junto a Sayuri. En la frente tenía arrugas prematuras, esculpidas por unas cejas que se acercaban en un gesto de enojo o incredulidad permanente. La boca se negaba a sonreír, los músculos permanecían hirsutos.

Asmodeo enumeró las ventajas de aquel cuerpo, sus dimensiones, el abultado miembro que se dibujaba en los jeans. Lo imaginó cogiéndose a Sayuri en aquella playa sucia, ante los ojos de los policías que chupaban semillas de mango arriba en el arrecife, de la señora que lloraba sobre un kleenex, de los bujarrones que vendían mamadas detrás de un almendro.

Sayuri le habló a Guinea de su consulta con Mireya, sacó el cuchillo de la arena para mostrárselo y él se lo arrebató, se puso de pie y se colocó la punta en el esternón para hacer como que se mataba, como que vomitaba sangre, como que caía en la tierra con los ojos en blanco. Rieron a carcajadas, pero el humor de Asmodeo, empuñado por Guinea, se había estropeado. La intensidad del teatro del muchacho lo había desencajado, desordenándolo, penetrando su albergue en el cuchillo con una rabia poliédrica.

Cuando subieron hasta la calle, las botas de Sayuri y los Converse de Guinea, reparados con tape, estaban cubiertos de arena como bistecs empanados. Hicieron chistes al respecto y compartieron los audífonos de Sayuri para escuchar «Stronger Than Hate», de Sepultura, camino a la Zona Colonial. Asmodeo encontraba el thrash metal vulgar, cómico, despojado del drama operático del metal británico que escuchaba Rudy, su caballo. La música de Sepultura ejercía sobre Asmodeo el mismo efecto que Guinea, una implosión hormigueante que no le convenía: iba a ser un caballo difícil de domar, más apto para una entidad más corpulenta.

Cuando llegaron a la calle 19 de Marzo, Guinea abrió una puerta de hierro y atravesaron un pasillo de mármol. Al final había un espacio sin ventanas con torres de libros polvorientos que llegaban hasta al techo, que era muy alto y del que colgaba un cable con una bombilla. Senaldo, el tío de Guinea, almacenaba allí los libros que no le cabían en su puesto de usados. El piso estaba cubierto de revistas y periódicos destrozados; una cortina llena de quemaduras de cigarrillo escondía el baño y, junto a la cortina, en una pared desnuda había un poster de Ozzy Osbourne en *Diary of a Madman* y el logo de Kreator que alguien había tratado de dibujar con carbón. Guinea entró al baño y orinó ruidosamente; en el tubo donde debía ir la cortina de la ducha estaban colgadas las únicas prendas que poseía, dos camisetas y un pantalón de tela que nunca se ponía. Afuera Sayuri se dio un trago de una botella de Bermúdez y puso un TDK en un boombox colgado de un clavo colonial en la pared. Sonó la canción «Satori Part I», de Flower Travellin' Band, y se tiró sobre la colchoneta de Guinea a escucharla con los ojos cerrados. La música pegaba con el olor a papel, tinta y polvo de la habitación, en ella Asmodeo podía escucharse pensar, escuchar mejor a Sayuri, dibujar las letras de su nombre japonés en el aire. Su madre lo había sacado de un libro de nombres para niñas que Senaldo, el tío de Guinea, le había regalado cuando estaba embarazada. Habían crecido juntos en Monte Cristi y se habían reencontrado en la capital. Sayuri recordaba un pasado al que no había tenido acceso. Imaginaba los detalles, reconstruía aquel intercambio ocurrido antes de su nacimiento: su madre lleva un vestido de embarazada demasiado corto; el pelo se le escapa de un moño sostenido con pinchos, y los pies, con juanetes, de las sandalias de tiritos. Senaldo lleva la misma guayabera vieja color crema de siempre, las patillas un poco más largas, los pantalones un poco más anchos; le sonríe y le entrega el libro con los ojos enamorados con que hasta el sol de hoy la sigue mirando.

Asmodeo disfrutaba de los talentos de Sayuri. Su mente componía; basándose en unas migas de información, escenas, historias, Sayuri viajaba al pasado. Era una capacidad demoníaca, uno de los dones que Asmodeo y sus camaradas habían bajado a la tierra. La causa de la condena, del castigo eterno. Regalos sin los que los humanos estarían comiendo carne cruda, muriéndose de frío, con miedo al horrible reflejo que les devolvía el agua adonde iban como vacas a saciar su sed.

Junto a la colchoneta Guinea separaba libros para Sayuri en una pila. Ella acarició la pequeña torre y sacó uno, *Los cantos de Maldoror*, que abrió al azar, como hacía a modo de oráculo, y leyó en voz alta haciendo pausas sobre la música: «El guardián de la casa ladra sordamente, pues le parece que una legión de seres desconocidos atraviesa los poros de las paredes y lleva el terror a la cabecera del sueño. Tal vez hayáis oído, al menos una vez en la vida, esa especie de ladridos dolientes y prolongados. Con sus imponentes ojos intenta atravesar la oscuridad de la noche, pues su cerebro de perro no lo comprende. Ese bordoneo le irrita y siente que le traicionan. Millones de enemigos se abaten así sobre cada ciudad, como nubes de langostas».

La voz de Sayuri daba formas deliciosas al perro desesperado del texto. Asmodeo interpretó el símbolo, traición y muerte, sin inmutarse, porque un perro que ladra sin que nadie lo oiga también es profecía de liberación. La canción y la lectura habían terminado. Guinea metió la mano por un hueco en la colchoneta y sacó un bollo de papeletas. «Tengo el dinero para la guitarra. Mañana voy a ver a Claudio; solo me faltan quinientos pesos», dijo, y se relajó por una milésima de segundo, sonriéndole a aquellos billetes como si fuesen flores. «Claudio es un imbécil», dijo Sayuri nerviosa, y añadió, tirando el puñal de Mireya en la colchoneta: «Dale esto y completas».

Guinea aceptó el cuchillo y lo guardó junto con el dinero en una mochila descosida; abrió una puerta que daba al patio interior que el almacén compartía con una ebanistería. Allí, en la puerta a contraluz, Asmodeo volvió a admirar el cuerpo de aquel caballo, sus pectorales, sus pantorrillas, la longitud del fémur. El sol, en picada, enrojeció de pronto el pequeño patio interior y sonó la parsimonia fúnebre del comienzo de «Tu calié». La canción titulaba el primer disco de metal de Rudy Caraquita y en ella narraba su encuentro con un torturador. Sobre unos riffs copiados de «La notte», de Adamo, la víctima describía lo que veían sus ojos:

Un lavamanos barato
una cualta de jabón
sangre seca en los zapatos
de mi dueño, mi señor.

Luego pasaba a los riffs acelerados y sucios del coro, en el que su voz se despeñaba con versos de once sílabas:

Te estoy rehaciendo entero, tenme fe
soy el que rompió tu barro, tu calié.

En el puente que precede al último coro, el torturado hace un pacto para salir de aquel agujero con vida, perdiendo a cambio su alma. Una niña, un enigma para los críticos, cierra el negocio:

Ven y cose mi sentencia
dame la mano, mi niña,
que tu puerco tiene hambre
vamo a darle una javilla.

Luego el coro regresa y al final se añaden cuatro líneas:

Dale al muerto lo que sobre
todo se cose con cobre
nada es negocio pal pobre
ponme las uña en un sobre.

Habían compuesto esa canción juntos en 1975, el año en que Rudy empezó a meterle a temas oscuros de su autobiografía, memorias que el demonio embebía con la densa imaginería de su propia reminiscencia: escaleras de luz en el desierto, matas ardiendo sin consumirse, ángeles de alas arrancadas engullidos por el mar. El demonio lo inundaba con sus recuerdos y Rudy, embriagado en esa atmósfera, plagado de trauma y recipiente de ancestrales melodías, escribía. «Tu calié» era un testimonio operático de la noche en que Rudy se convirtió en caballo de Asmodeo. Rudy, el hombre resacado al que horas antes había llamado *morsa*, era un genio y él un demonio malagradecido.

Guinea se colocó frente a Sayuri y le dio otro pequeño espectáculo utilizando una escoba a modo de guitarra, tocando, cantando, con los ojos cerrados, la letra de Rudy. Sayuri sonrío, incómoda. Sentía por Guinea la misma enternecida repulsión que le había provocado su madre en el recuerdo que había construido unos minutos antes. De pronto, el cuartucho se le hizo a Sayuri un basurero; Guinea, una caricatura que no tenía ni una guitarra. Asmodeo estaba de acuerdo y salió del cuchillo militar con un desprecio que lo vectorizó en el aire hasta el cable de la bombilla, lo impulsó por el tendido eléctrico hacia Rudy, caliente en el recuerdo de esas tarimas, esas guitarras eléctricas, esos aplausos, y explotó sin querer un transformador en el camino.

La calle estaba completamente a oscuras y las luces de los carros, paseándose como fantasmas por la superficie de las cosas, hacían aparecer y desaparecer los troncos de los árboles, los portones de metal de las casas, los ojos cansados de los guachimanes. A pesar del apagón, un peligroso resplandor salía por las ventanas del cuarto de su caballo y Asmodeo se introdujo en una cucaracha, eran pocas las criaturas que todavía poseía a voluntad, y se deslizó por debajo de la puerta.

La entrada del apartamento olía a ruda, a anamú, yerbas todas que le daban asco. Al cruzar esa cortina de olores sintió otro mucho más fuerte, el de un campo sembrado de naranjos. Sintió miedo. Pavor. Se metió bajo el sofá y desde allí pudo ver la luz incandescente en la habitación. La voz de un arcángel tronó desde el cuarto de Rudy: «El que turba su casa heredará viento».

Asmodeo fue succionado fuera del insecto y hacia la habitación. Al tocarlo, la luz que brotaba de una esquina junto al closet reorganizó los macilentos hilos que lo constituían, alimentándolos, esculpiendo en el aire, centelleante, devolviéndole al demonio su forma original. Asmodeo se miró las manos, hechas con la luz de mil soles, las escamas de iridio de sus extremidades, los diamantinos filamentos de sus seis alas, el vórtice de amor inconmensurable en el diafragma, la sagrada boca, hecha para cantar «*kadosh, kadosh, kadosh*». Quiso abrirla, quiso intentar la gloria de aquellas sílabas, pero su mueca desfiguró el espejismo y las luces que lo componían se convirtieron en chispas efímeras que dejaron un leve rastro de ceniza en las losetas del piso. Volvía a descender hacia la forma inestable que poseía, una forma debilitada como las telarañitas de las esquinas.

Rudy dormía en su cama bajo una sábana limpia. Sentada, echándole fresco con un folder, estaba Niurka, su mejor amiga. En silencio y muy seria, como si pudiera sentir los trascendentales intercambios en el ambiente, con el pelo recogido en un moño que abanicaba de vez en cuando, con más violencia y rapidez que cuando lo hacía para el enfermo.

El arcángel de la esquina se había esfumado. Sobre la mesita de noche había una vela encendida, un pote de berrón, un frasco de aspirinas y un aparato para tomar la presión. Eran ofrendas de amistad, muestras del afecto que Rudy aún despertaba en sus semejantes. Nadie quería a Asmodeo, ni siquiera Rudy.

Nadie, excepto la interesada de Mireya, invocaba su nombre, ninguna noche oscura lo hacía necesario. Deseó el refugio en el cuerpo humano de su caballo, el descanso del que ese cuerpo era capaz, las azules moléculas de oxígeno que Niurka redirigía con el abanico de cartón hacia su amigo.

Asmodeo entró en la afiebrada carne de Rudy, presa de escalofríos. La habitación le daba vueltas. En la mañana había escapado de ese malestar, pero aquello era mejor que el errático vacío del afuera. Decidió acompañarlo, estar con él, como un sublevado en Bahoruco que se detiene a descansar con el alazano que ha robado a los españoles y le acaricia el cuello, la grupa, el rombo blanco entre los ojos.

Era la primera vez en años que el apartamento estaba en silencio. Las madrugadas habían sido el ruedo del ron y el perico, de la amnesia que le hacía pensarse Rudy, de fiestas que terminaban siempre en vidrios rotos. Asmodeo disfrutó la quietud horizontal, el delicado espasmo de las células reproduciéndose, el descanso sanador al que el cuerpo de Rudy se había entregado. El sueño, sin embargo, le era desconocido. En esa quieta oscuridad podía ver el celaje blanco que dejaban los espíritus en el aire, las entidades que se afanaban transportando información, hilos multicolores del telar de los sueños. Rudy dormía con un gesto adolorido en la frente. Niurka se había acostado a su lado con zapatos y todo. El calor le dibujaba ceritos de sudor sobre el labio y ella apretaba con los puños el borde de la almohada, gimiendo como un cachorro, sonidos, que, Asmodeo sabía, aumentarían de volumen entrada la madrugada. Seguía estando buena; la curva de su costado se imponía como una cordillera negra contra la luz de la vela, pero Rudy parecía un anciano. «Quizá –pensó Asmodeo– lo he maltratado. Quizá si lo hubiera cuidado un poquito ahora no estaría impotente. Estaría dando conciertos que pasarían a la historia, como la noche en que conoció a Niurka, en el 83.»

Gritaba las letras de «Tu calié» frente al micrófono, con unos jeans, tan apretados que parecía que se los había cosido encima, de los que brotaba el torso sin camisa, en el que una tetilla sin pezón lucía una pequeña cicatriz en forma de ciempiés. La tetilla era legendaria, Rudy se había encargado de divulgar su procedencia y la exhibía como una medalla de guerra. Había sobrevivido a la oscura noche de la dictadura balaguerista y tenía cómo probarlo. Cuando Niurka entró en el local, atrajo a Rudy con una fuerza magnética. Estudiaba la especialidad en Psiquiatría en Madrid, donde era veterana de la movida; llevaba una minifalda de cuero rosado, el pelo batido y con mechas rubias, como Tina Turner, de quien también tenía las piernas. Al terminar el concierto, Rudy caminó hacia ella y le habló de Quevedo, del blues, de Jung, de magias del Oriente Medio, de sus ojos, que eran verdes como el salto de Jimenoa, de Caonabo, primer preso político de América, y del hombre que le había dejado la cicatriz en el pecho. Ella lo escuchaba, aburrida y seria: no la impresionaba con su repertorio de provinciano autodidacta. Cuando quiso irse, él la acompañó hasta la van que ella alquilaba cuando estaba de vacaciones en la isla. Antes de montarse la vio abrirse los botones de la camisa para mostrarle una teta sin pezón, igual que la suya.

La cicatriz de Niurka vulgarizaba la suya; era la marca bastarda de un operario de producción en línea. Ese eco le aflojó las rodillas, le trajo pedazos de carne semidigerida a la boca. Niurka lo llevó a su casa y él hizo el trayecto en silencio, con los ojos mojados, avergonzado por la frivolidad de su exhibicionismo. Subieron al apartamento y se pegaron a una botella de ginebra para darse ánimos, sin hacerse preguntas. Niurka se sentó en la cama y le quitó la correa de punta de metal, y la erección de Rudy salió como esos payasos que saltan fuera de una lata de cuerda.

Casi una década había pasado y las delicadas emanaciones de sus cuerpos seguían trenzándose como el humo de dos cigarrillos en un cenicero. Se querían. A los demonios solo los quería el martirio, la eternidad y el olvido. Eran prescindibles. Nadie iba a extrañar a Asmodeo cuando su ya agotada energía terminara por extinguirse. Deseó ese fin, ese descanso, una muerte que sabía imposible. El silencio lo estaba volviendo loco. Se estaba contagiando con el cansancio de su caballo, con su empobrecida autoestima. No llenaría esas horas preciosas con la remembranza de tiempos mejores: no era un anciano decrépito. Necesitaba acción. Anhelaba la excitante brusquedad de un cuerpo joven en el que entrarse a patadas con el presente. Ya no le parecía ridícula la imitación de Rudy que Guinea había hecho en el quicio hacia el patio del almacén. «El muchacho era un panal de avispas, pero –pensó Asmodeo– monturas más bravas he amansado yo.» Olfateó el aire capitalino hasta detectar a lo lejos la testosterona de Guinea en él disuelta y, transportado en brazos de ese perfume, regresó al cuchillo que Mireya le había preparado.

Una docena de cuerpos giraba en torno a un pentagrama mal garabateado en el suelo de cemento; se entrechocaban haciéndose daño, saltando, resbalando en el sudor ajeno, dejando escapar gemidos que parecían risas, usando los brazos, los codos, dando zancadas con la cabeza gacha hacia el ruido que producían sus huesos contra los de otro, cabeceaban a cuatro patas; saltaban desde una silla hacia una concentración de torsos que duraba un segundo. En una esquina del fondo las cabezas se inclinaban hacia atrás para vaciarse dentro botellas de Night Train; hacían fila para que un veterano de Kuwait los tatuara con una máquina casera. El patio del almacén era un caldero, y «Raining Blood», de Slayer, el palo que daba vueltas a la sopa de sudor que desteñía las camisetas.

Asmodeo pasaba de mano en mano en el molote, junto con el puñal que lo contenía y del que Guinea se jactaba porque Sayuri, que se lo había dejado, le había dicho que era el cuchillo de una bruja.

El demonio intentaba aferrarse al borde de las cosas, de la gente; intentaba entender las conversaciones, atravesado por un bombardeo de información inconexa, fragmentos de pensamientos, recuerdos, los deseos de los dueños de las manos que lo agarraban por el mango: una rubia que huye en un pastizal, la cola amputada de un lagarto, asma, sed, carritos chocones, el pecho blanco de Rob Halford, la marca de una correa en un muslo, tetas enormes, hipoglucemia, la carcoma excitada por la música desintegrando las vigas, monedas, gusanos, longaniza frita, pies que se hunden en el lodo a la vera de un río, uñas sucias de ese lodo, bizcocho y velitas, el flash de una cámara sobre ese cumpleaños, un obrero cubierto de cal taladrando la acera, cayenas rojas que se cierran cuando cae la noche, un cigarrillo que enciende otro, un camino por el que camina una fila de pequeñas figuras que llevan velas: son niños.

Las visiones pararon de golpe cuando una mano que rodeó el cuchillo obligó a Asmodeo a honrar la forma material que lo contenía concentrándolo en la brevedad de la hoja, impidiéndole captar los efluvios mentales de quien lo sostenía. La dueña de esa mano era una metálica de Villa Consuelo, con brazos musculosos y el pelo peinado a un lado como el cantante de Ratt. Le decían Lili la Turbia y conversaba con Guinea junto a la puerta del almacén, tratando de convencerlo de algo, mirando la hoja del cuchillo y sonriendo, mostrando la graciosa separación de los dos dientes de arriba, que tenía muy grandes, como de conejo.

«Como de conejo», pensó Asmodeo justo antes de que Lili la Turbia, en un solo movimiento, raspara el filo del puñal contra el cemento del suelo, sacando chispas, para luego ponerle la punta a Guinea en el centro de la frente. El hechizo arrancó a Asmodeo del cuchillo y lo disparó hacia los centelleantes confines del cerebro de Guinea, y su voz, que gritaba «maaalditaaa bruuujaaa», rayó el cielo neuronal como un aerolito.

Las pupilas de Guinea se expandieron hasta cubrir todo el iris, los brazos le colgaron lelos como los de una marioneta, la boca se le entreabrió y Asmodeo balbuceó con ella el «maldita bruja». Lili la Turbia seguía sonriendo cuando acercó la boca a la oreja del poseso y le susurró: «Kolaba to esa ciencia, amarraíto lo do, vamo a hace la diligencia».

De todos los hechizos que tiene en su haber una bruja amarradora, cuyo don es hacer nudos marineros con la voluntad de vivos, muertos y demonios, es la diligencia el más peligroso, pues, al alojar a un demonio en el interior de un caballo que no le pertenece, despoja a ese caballo de su voluntad, y al demonio, de la posibilidad de salir de ese cuerpo hasta que realice la obra requerida. Asmodeo estaba furioso, preso en la materia de Guinea, y emitía torpes insultos con su boca prestada, intentando conectar trompadas con un cuerpo que todavía no lo obedecía. Lili la Turbia lo sacó a la calle con la excusa de que estaba borracho, de que necesitaba aire fresco, y lo obligó a sentarse en la acera bajo un poste de luz en el que convergían enmarañados los cables negros de las conexiones ilegales de electricidad.

La calle estaba vacía y del mar subía una brisa fresca. Asmodeo se vio la piel erizada en sus brazos nuevos, se agarró el pene por encima del jean, sintió con los dedos la barbilla que Guinea se afeitaba para trabajar en el supermercado, los bizcochos cuadrados de sus abdominales. Poco a poco fue metiendo sus partes en las mangas de aquel traje, asentándose, cerrándose los botones, recibiendo, también, el impacto de la ansiedad que habitaba cada uno de esos músculos, la tensión de un corredor arrodillado en la pista esperando el pistoletazo.

Lili la Turbia fumaba a su lado, como si nada estuviera pasando, esperando a que el demonio se acotejase allí dentro para decirle sin mirarlo a los ojos: «No está tan mal, ¿verdad?». Asmodeo le contestó con una voz que no era la de Guinea, una dulce voz de barítono, «¿Qué quieres que haga?», y, quitándole el cigarrillo a Lili la Turbia, lo consumió completo de una sola jalada. Ella le encendió otro y le explicó: «Senaldo, el tío de Guinea, tiene otro almacén como este por la zona, donde guarda objetos valiosos, antigüedades, muebles, un tesoro. Llevo tiempo diciéndole a este animal que me diga dónde está, que nos robemos un par de vainas, que con eso puede comprarse la guitarra que quiere, el amplificador, pero es un palomo».

Asmodeo la escuchaba sin mirarla, dando saltitos de boxeador, cogiéndole el gusto a su nueva montura, admirando la agilidad, los reflejos, el alcance de los puños que tiraba en el aire. Las palabras de Lili la Turbia quedaron en segundo plano y su nueva juventud en primero, inflada del aire con sal que llegaba de Montesinos, de la inmensidad de la noche, del portento inmaculado de una erección. Miró entonces a Lili la Turbia y se fijó en sus tetas, pequeñas y aplastadas por un brasier; en su culo, redondo en unas licras negras sin panties; en su boca, con dientes de concjo, que pronto pondría a mamar. Un rodillazo de la Turbia le metió los testículos por el culo. El dolor le recorrió la columna, los riñones le sonaron como un teléfono y cayó en posición fetal junto a un tanque de basura.

Busca, decía la voz de Lili la Turbia. Y Asmodeo, con los ojos de adentro, buscaba en Guinea un recuerdo en el que su tío le hablara sobre el codiciado almacén o, mejor aún, en el que lo llevara hacia él mismo, el lugar en el que Senaldo guardaba todo lo que no eran libros. Los recuerdos de Guinea fluían por una cañada de aguas grises y convulsas de la que sobresalían, como basura flotante, pedazos de gente, sonidos, objetos, paisajes, un Senaldo muy joven que se amarra los cordones de unos zapatos viejos en la casa de su familia en Monte Cristi, se mete una mano en el bolsillo, saca un higo y se lo ofrece. La casa es de madera, muy vieja e inclinada; los pisos crujen y las paredes tienen parchos de zinc. Guinea se mete el higo a la boca y lo escupe en el patio porque está verde. Lleva los pies descalzos y llenos de picadas infectadas; las picadas son las de siempre, de mosquitos, de jejenes. Los hay en todas partes, pero sobre todo en el pastizal en el que Senaldo prepara una rama larga con una horquetilla en la punta para tumbar tamarindos. Guinea mete el palo en la copa del árbol y hace caer varias legumbres. Tumban muchas mientras su tío espanta los insectos soplando humo de su cigarrillo, un hábito que le ha manchado los dedos de amarillo, que también se le manchan con la tinta del periódico, que le hace leer a Guinea todos los días, una tarea que termina con las tiras cómicas de Beto el recluta. A Guinea le gusta Beto el recluta, la forma en que lleva el uniforme, la gorra que le tapa los ojos. Finge leerla el día que Senaldo se va a la Capital, para que no lo vean llorando. Lee también un par de veces los tres libros que hay en la casa: *Over*, de Marrero Aristy; un diccionario; *María*, de Jorge Isaacs. Sufre con la muerte de María y piensa en la forma que conoce de la muerte: la mano de su madre retorciendo el cuello a las gallinas. Trepado en una silla de guano, Guinea lee para la familia una carta que envía su tío Senaldo de la capital: «Llegué bien. Lora, el primo de Argénida, me dio trabajo en su puesto de libros usados en la calle El Conde. Si vieran esto, se asombrarían. ¡Cuánta gente! Muchos carros modernos por todas partes. Vivo en un almacén que tiene Lora; tengo un baño y un catre, y en un patio, un anafe donde me cocino, pero casi siempre como en la calle, en un comedor cerca del trabajo. Lora me está enseñando el negocio; hay que estar pendiente de los viejos que se mueren en la zona, personas que se quedan solas y sin nadie a quien heredar. Vacían las casas y los libros los tiran a la basura. Nadie sabe valorar estas cosas. Lora tiene gente pendiente de esos viejos, que vienen y le dicen: fulano se está al morir. A veces les compra las bibliotecas a los hijos de los muertos por dos o tres pesos, cajas de papeles y otras cosas. Otras veces, si no hay quien herede, hay cosas buenas además de libros: candelabros, relojes, prendas, mapas antiguos; me dice Lora que hasta morocotas. Díganle a Jenny que le voy a mandar un vestido nuevo, que aquí en El Conde los venden muy lindos, y a ti, Guinea, que debes de estar leyendo esta carta en voz alta, sigue yendo a la escuela y saca buenas notas para que puedas venir a trabajar conmigo algún día». Senaldo vuelve de la capital y se tira en una cama varios días. No se levanta ni a lavarse la boca. Huele a ese olor salado y desagradable que tienen las lágrimas secas en la ropa. La mamá de Guinea le lleva té, café; él se queda mirando la pared. Está enfermo de los nervios, le explica su madre a Guinea, y, tras sacar de un zapato un bollo de billetes anaranjados, se lo muestra a Guinea guiñándole un ojo. Guinea se sienta en la cama junto a Senaldo y se lo entrega. Su tío le cuenta que en la capital hay un parque frente al mar en donde unos hombres vestidos con trajes de baño, barbudos o enmascarados, luchan hasta sacarse sangre, y le enseña en el periódico a los hombres, con las frentes cruzadas de cicatrices doblando los brazos para mostrar los molleros. Senaldo no tiene molleros y usa ropa ancha que lo hace ver aún más flaco de lo que es. Mete las tres cosas de Guinea en el baúl de su Volkswagen; la frente le suda y tiene manchas oscuras en los sobacos de la camisa. Guinea se despide de la familia, que dice adiós desde el porche. Senaldo hace silencio todo el camino. Guinea está triste, le duele el estómago y vomita sobre el asiento del carro. Paran en medio de la nada a limpiar el reguero; Senaldo no lo regaña. La capital es ruidosa y huele a basura quemada; en el almacén donde vive Senaldo hay un catre para su tío y una colchoneta para él. A Guinea el almacén le parece un palacio, con su inodoro, su lavamanos, con su patio de cemento, con pilas de libros en vez de plátanos. Los abre todos para ver qué tienen dentro y al acostarse le pregunta a su tío que por qué el techo es tan alto. «Esto era una cochera; durante la colonia guardaban los caballos.» El puesto de libros usados de Lora está ubicado en el costado de un parqueo de varios niveles y tiene un hueco rectangular por donde se atiende a los clientes, que buscan sobre todo textos escolares, diccionarios, enciclopedias; libros escritos por García Márquez, Juan Bosch o Balaguer. Lora, el jefe de su tío, llega en una pequeña camioneta china destartalada en la que trae una caja de libros, un cenicero y un pisapapeles de cristal, con los que pretende embellecer el desorden, manchado de hollín, del lugar. Lora es un santiaguero rudo con la cabeza blanca en canas, con la misma ropa y el mismo bigote con que peleó en la revolución, sudado y de tan mal humor que no saluda ni mira a Guinea. Lora le entrega una lista a Senaldo con los títulos de libros antiguos, primeras ediciones, rarezas y objetos que ha conseguido. La radio, de pilas, está sintonizada en las carreras del hipódromo Perla Antillana o la lotería nacional a un volumen altísimo que Senaldo no baja cuando llama por teléfono a los *clientes especiales* para leerles la lista que Lora ha dejado. Senaldo solo baja el volumen cuando llega un hombre robusto en motor al que le dice: «Roma no se hizo en un día». Cuando el hombre se va, Senaldo entra en el puesto y finge organizar el reguero, quita y pone, bota a la basura cáscaras de guineo y vasitos de plástico sucios de café. Enciende un cigarrillo con otro y bebe ron de una chata que lleva en el bolsillo del pantalón hasta que se emborracha y Guinea lo ayuda a caminar hasta el almacén, hasta el catre donde se tira, con el pantalón meado, a quejarse a viva voz de las injusticias que Lora comete con él: «Soy yo quien trabaja. Maldito viejo. No me puede resolver un problema». Acostado en su colchoneta, Guinea imagina coches con caballos blancos que duermen de pie en la cochera. A pesar del alcohol, Senaldo no duerme. Por el día, ojeroso, sale del puesto cada dos minutos y mira rápido la calle. No ha hecho las llamadas, no compra almuerzo, ni frutas, ni agua. El tipo del motor vuelve; esta vez entra al puesto y le dice a Senaldo: «Tienes 24 horas». Senaldo enciende un cigarrillo con otro y, trepado en su silla atendiendo a la gente que aparece, mira a Guinea. En el asadero chino al que van a cenar esa noche también trabaja una niña, que se asoma subida a un guacal detrás de la caja registradora.

Senaldo ordena la berenjena con bacalao, una cerveza para él y un refresco rojo para Guinea. Hay un cuadro con luces que se prenden y apagan donde un ciruelo pierde sus hojas; en otro cuadro hay una cascada. Senaldo le dice a Guinea que al día siguiente hará un trabajo especial. Un trabajo de gente grande. Su tío Senaldo le dibuja un mapa de la Zona Colonial en un sobre manila; con una flecha le indica cómo llegar adonde lo esperan. Guinea lleva un encargo, una funda con libros para un cliente; nunca ha andado solo por esas calles y silba para darse ánimos. El sol explota todos los colores. La sirena de una ambulancia suena en la distancia; se acerca sigilosa entre iglesias coloniales; su estridencia desprende piedras de la mampostería, empuja hacia afuera los tornillos de las bisagras, suena y suena aunque está vacía. Nadie nunca sabe si van llenas, si llevan gente o plátanos hervidos que se pusieron duros de un día para otro o una noche a las doce del mediodía, como el dril de los pantalones, el brillo plateado de las braguetas, la servilleta sucia de mierda, los vellos púbicos de un viejo. Lascas de un recuerdo liberado que vuelan en espiral descomponiendo a Asmodeo, atravesándolo. Imágenes que no se concretan, contrahechas, que se abalanzan unas contra otras y se dividen en fragmentos aún más pequeños, micropartículas que rebanan desde dentro el corazón de las células.

Guinea se sacudía en la cuneta. El cráneo le sonaba como un coco seco contra los adoquines y espumeaba por la boca. Lili la Turbia le quitó un zapato
y, agarrándole el pie izquierdo con ambas manos, le
mordió el dedo gordo como si fuese un sándwich.
Asmodeo salió expulsado del muchacho con un aullido y, adolorido y sin fuerzas, regresó al puñal. Guinea abrió los ojos con dificultad y, arrebatándole el
cuchillo a Lili la Turbia, entró hasta el patio del almacén para acabar el metal party, restrellando puertas, botellas, empujando a la gente hacia la calle. Se
dio los tres dedos de ron que quedaban en una botella y se sentó en el patio de cemento con la espalda contra el muro colonial.

Tenía la sensación de haber soñado, de que el trozo de su vida que le había sido devuelto era un invento, de que un horror así era imposible. Pero la
reminiscencia lo inundaba con un nivel de detalle
escalofriante: los rostros hinchados y rosáceos de
sus abusadores, las verrugas, los poros enormes y

negros, el olor a perfume de hombre y a productos de limpieza, la sala, los muebles, la sensación de embriaguez, un espagueti de luz blanquísima entre las cortinas.

Refugiado en el cuchillo, Asmodeo contemplaba de lejos los descubrimientos que el muchacho iba haciendo, las perlas putrefactas en el cofre del tesoro que acababan de desenterrar. Los fragmentos de memoria le llegaban a Guinea de a muchos y de golpe, como cuando se usa una granada para pescar y suben a la superficie los peces muertos. Quería detener aquello, parar con las dos manos el chorro de horrores, bajar con una palanca el inodoro de su cabeza. Apretó el cuchillo que tenía en la mano y calculó el daño que se haría en las muñecas, como en las películas. Se vio allí tendido en un charco de sangre, como lo encontrarían los trabajadores de la ebanistería.

Asmodeo no tenía fuerzas para salir del cuchillo, tampoco para volar hasta la seguridad del cuerpo de Rudy. Si Guinea se mataba con el puñal estando él ahí dentro, el alma del muchacho y Asmodeo se fundirían hasta que el espíritu suicida alcanzara la luz. Una mierda así podía tardar siglos. Terminaría convertido en una de esas almas verduzcas en la retreta de la catedral. Hizo un esfuerzo concentrándose en armar palabras, frases, ideas, los hilos con los que trabajaba.

Al fondo de la cañada de la reminiscencia, de los impulsos y la desesperación, Guinea oyó una voz que le decía: «Piensa en tu madre, en Monte Cristi, vieja y pobre, y ahora sin el único hijo que pudo parir, porque parirte la lisió. Pesaste nueve libras, pero luego te pusiste flaco y con el cocote largo y seco como una guinea. Guinea, te pusieron en el pueblo, como la carne más sabrosa del corral, como la moneda». Entendió su cambio en la capital, la ensombrecida tendencia de su mirada. La obsesión con el odio, con el dolor, con el ruido. Entendió el rechazo que sentía por las buenas costumbres, la música bailable, los cumpleaños de niños. Entendió las pesadillas, el enjambre permanente bajo la piel. Lloró sin lágrimas, golpeó los muros hasta sacarse sangre, tumbó las columnas de libros, arrancó el poster de Ozzy y se quedó tirado en la colchoneta viendo un dedo de piel oscura recorrer el titular de un periódico. El dedo le guiaba el ojo, le ayudaba a leer las palabras: era el dedo de su tío Senaldo. Un dedo que debía ser cortado y lanzado a los perros. El dedo de la lacra que lo había vendido para pagarle a un prestamista. La sed de venganza llenó a Guinea de ganas de vivir y Asmodeo abandonó su lado, trepado a un viento grande que sacudió los bordes rotos del poster de Ozzy.

MARTES

Encontró a Rudy escribiendo. Se había duchado y afeitado la cabeza y estaba envuelto en una sábana como un padre del desierto. La mesa, que solía estar llena de botellas vacías, colillas, restos de comida y líquidos derramados, estaba limpia y en lugar de basura había una antología de Marlowe, *El cerco de Numancia*, de Cervantes, y las obras completas de Sófocles. Por las ventanas corredizas del balcón entraba la luz de un día nublado en la que una bandada de golondrinas hacía y deshacía formas. El *Grosso Mogul*, de Vivaldi, sonaba en el equipo de música. La letra grande y dispareja de Rudy llenaba las hojas de una libreta de recetas médicas. Era una libreta verde en cuyo borde superior aparecía impreso: «Dra. Niurka Luna Psiquiatra». Niurka se la había dejado en la mesita de la cocina junto con un bolígrafo y una bolsa con pan, café y cigarrillos.

Asmodeo se dejó caer en el interior de su caballo como en una cama acolchada. Al ver la libreta de recetas, pensó que quizás podían falsificar la firma de Niurka y comprar unas dexedrinas, algo para animar el día. Rudy arrancó la hoja en la que estaba trabajando, como si la llegada del demonio hubiera estropeado su concentración, y la encestó en el zafacón hecha una bola; llevaba seis años sin componer y Asmodeo, que imaginaba burlón las rimas obtusas y faltas de inspiración que sin él escribía su caballo, se asomó a la libreta y leyó.

I

Una máquina empuja una montaña de basura. Es un vertedero por el que fluyen ríos de agua negra. La luz dorada del atardecer ilumina una colina de desechos sobre la que hay un buzo, un hombre viejo de ropas sucias y raídas que rebusca a cuatro patas en la basura.

El Buzo:

En la podrida llanura
la noche está por caer
sin ya más nada que oler
el sol se hunde en la basura
en la que escarbo la cura
para un hoyo siempre abierto
a la espera del cubierto
que ensarta la proteína
carne que siempre termina
fétida inundando el viento.

¿Dónde estás que no te veo
hedionda fortuna mía?
He trabajado to el día
en este fatal buceo
océano de lo feo
bríndame una pobre perla
para salir a venderla
en el mundo de los vivos
que engordan a sus amigos
para su sangre beberla.

El Buzo encuentra, medio sepultado en desechos, un
cadáver con un cuchillo clavado.

¡Ay, mi madre, aquí han dejado
una obra sin cabeza!
Lleva incrustada la pieza
con que su autor la ha creado
después que ha decapitado
la pluma fuente asesina
mojarse en la tinta china
de cruel tintero ha querido
es un sádico cupido
que firma con letra fina.

El Buzo arranca el cuchillo al cadáver y le da vuel-
tas para contemplarlo admirado.

¡Qué buena suerte he tenido!
Ya me pensaba salao

porque mira que he buscao
y nada había conseguido
estoy medio distraído
pero ahora vamo al mambo
que este es un cuchillo Rambo
nuevecito y de cajeta
pa cuando la vaina aprieta
y hay que enterrarlo volando.

¿A quién lo habré de ofrecer?
¿Quién valorará esta pieza?
¿A quién harán con él presa?
¿En dónde lo habrán de meter?
Quien lo enfrente ha de temer
inminente degollina
es mejor ser la gallina
que el gallo cuando este filo
quiera hilvanarse cual hilo
en el ojal de una espina.

El Buzo baja el cuchillo y con la cabeza gacha mira
el cadáver; con la otra mano le revisa los bolsillos.
Aprieta el cuchillo contra su pecho, impresionado an-
te la crueldad del crimen.

Y para esta criatura
tumba de plástico chino
cementerio clandestino
donde podrida inaugura
nueva vida en la negrura

de ácidas aguas negras
que disuelven, desintegran
hasta el tuétano del alma
sarnosa forma esta calma
ni los gusanos se alegran.

¿Qué deuda pagas así,
paloma descabezada,
que tanta gana la espada
tenía guardá para ti?

El Buzo vomita y se limpia la boca. Sigue hablándole al cadáver. Se pone de pie y mira hacia el horizonte: el sol termina de meterse.

El vómito sale de mí
no por tu aspecto presente
sino por lo que en la mente
de tu asesino habitaba
región que regurgitaba
asqueroso residente.

Hay más basura allá afuera
que en este gran vertedero
aquí es visible el reguero
allá lo sucio es escuela
hincan jondo las espuelas
de avaricia, envidia e ira
pero la reina es mentira
titiritera del todo

que esculturas en el lodo
estira, tira y revira.

He de salir a encontrar
la mano a esta empuñadura
el destino mueve a oscuras
sus pezuñas al bailar
contra marcha militar
que resuena trepidante
en el filo del instante
que organizará la escena
donde una mano antes buena
criminal en lo adelante.

El Buzo envuelve el arma en fundas plásticas de su-
permercado que recoge de la basura.

Bolsa triste, bolsa alegre,
no hay quien te desintegre
a este pequeño asesino
ofrecerás el pesebre
tu matas más y más fino
atragantando a natura
y ahorcado el mar en tu anchura
apocalipsis celebre.

«¿Qué es esto?», se preguntó Asmodeo. Las rimas
que Rudy había escrito en su ausencia le provoca-
ban una intensa amargura. Se pensaba indispensa-
ble para el trabajo creativo de su caballo, un trabajo

que daba por perdido, que habían hecho juntos y al que Rudy le debía su fama y el éxito que su música había tenido en los ochenta. Sin esa productividad desbordante, solo les quedaba el eufórico cemento del perico. «En el pasado, cuando Rudy estaba *inspirado*, solía decir "el diablo anda suelto", pero ahora –pensaba Asmodeo–, no cuenta conmigo. Es mi prolongada ausencia la que le ha devuelto sus facultades.» «Me he convertido en un diablejo singa cueros y tecato.» «He puesto a un caballo paso fino a jalar la carreta de mi mediocridad.» «Soy una mierda.»

Con tristeza infinita, volvió a leer el recetario. Estas no eran canciones, ni eran décimas sueltas: eran parte, al parecer, de una obra de teatro. Rudy había inyectado su mejor música con una potencia que él decía haber aprendido de los griegos. Sus letras masticaban como chicle a personajes que pululaban por la noche dominicana al ritmo cruel del destino. En su adolescencia en Santiago, soñaba con ser dramaturgo, con escribir una tragedia. Asmodeo se sintió de buen humor, esperanzado, como puede permitirse estarlo un demonio. Su caballo no estaba viejo; tal vez quedaba caballo para rato. La tinta azul que llenaba el recetario, los dibujos en los bordes, las tachaduras y las correcciones le daban vértigo. Extrañaba ese centro del universo, el sincrónico bramar de sus voluntades arañando el mundo.

Se vio entregado, por días y noches, a la culminación de una obra y esa película le dio fuerzas. Sin embargo, la extraña coincidencia del cuchillo lo había espantado. La aparición del arma en las décimas de Rudy no era producto de un susurro suyo, de un recuerdo transmitido sobre sus andadas del día anterior; esta no era una composición a cuatro manos.

Iba a asentarse en el proceso de su caballo, iba a susurrarle y tejer, a arrebatarlo de imágenes y conexiones, de escenas, de secretos, iba a correrlo por el hipódromo como se merecía, pero debía investigar de dónde provenía la idea del cuchillo y, citando un blues pesado que habían escrito en el 81, dijo en voz alta: «Demonio no cree en coincidencia».

«Demonio no cree en coincidencia», se dijo mientras leía las décimas que acababa de escribir. Esa frase, el verso final del coro de su mejor blues, resumía las ideas expuestas en todas sus canciones. Escribía sobre el azar, el desfalcador del destino. Escribía sobre las fuerzas aleatorias que lo habían despellejado, la macabra lotería de la divina providencia.

Había despertado de madrugada con Niurka a su lado y cautivo de la imagen de un cuchillo. Lo había visto mientras sudaba la fiebre, desde todos los ángulos, como el loco de Borges en «El Zahir». También veía todas sus trayectorias posibles en el tiempo espacio. Despierto y sano, carecía de las facultades para esa simultaneidad, pero podía recordar el cuchillo, suspendido en el aire contra un cielo como una brasa. Quiso entender la visión. Pensó en los egregios cadáveres de los que estaba hecho el arte. Los cuchillos sin nombre a los que se debía esa cosecha. Puñales que descansaban en la sombra, oscuras navajas sedientas de renombre. «Esto no es una canción –pensó–. Esto es una vaina larga, de otro tiempo. Esto es un ditirambo.»

La rima se le daba fácil, de forma automática, algo que había descubierto en la escuela en Santiago, en las clases de sor Ifigenia. Cuando estuvieron dándole a la métrica en quinto grado, hacía las tareas de sus amigos y les cobraba unos chelitos. Tercetos, coplas, seguidillas y redondillas que brotaban de él como de una llave abierta. En los recreos, sentado en un banco bajo un eucalipto, contemplaba el correteo de los alumnos en el enorme patio de tierra roja de la escuela, ido en la fabricación de gestas que encarnaba en los cuerpos de sus compañeros. «Aquel trepado en el roble con el tirapiedras es Zeus, la que salta la cuica con sus amigas es Artemisa, ese que gana con trampa a las canicas es Ulises.»

Sor Ifigenia era Ifigenia y rezaba por ella todas las noches para que no la sacrificaran. Tenía unos diecinueve años, los ojos verdes y un bigotito de adolescente; el pelo lo llevaba escondido bajo el hábito y durante el recreo se sentaba, guitarra en mano, con Rudy en el banco y recogía del suelo hojas de eucalipto que masticaba con algo de chiva triste. Al verlo tan callado, con el uniforme siempre limpio, sor Ifigenia le susurraba «Si quieres ser feliz como dices, no analices, no analices», su especie de prólogo a «Los ejes de mi carreta», de Yupanqui, que interpretaba inmediatamente después con la guitarra. Ahí aprendió Rudy sus primeros acordes y la forma de cantar, con sentimiento, que tenía la monja, en un acento mocano que hasta la fecha le imitaba. En su clase leyeron *Las metamorfosis* de Ovidio, la *Odisea*, la *Divina comedia, El príncipe y el mendigo, El Lazarillo, El Buscón* y *El retrato de Dorian Gray*. También, y esto era un secreto entre ambos, le recitaba las décimas de Juan Antonio Alix, con las que la monja lo premiaba por quedarse con ella después de clase a borrar las pizarras y a botar la basura de los zafacones de todas las aulas. Rudy se obsesionó con las décimas, con su capacidad narrativa, con su musicalidad, y las escribía compulsivamente en las páginas de atrás de los cuadernos cuando debía estar atendiendo en clase. Décimas sobre el campo, la playa, la madre y la patria abrieron paso a décimas sobre la vida y la muerte, la pobreza y la enfermedad para desembocar en las que empezó a compartir con sus compañeros, en las que se burlaba de las profesoras, de la escuela y de la misa. Décimas en las que describía actos sexuales entre los estudiantes, entre las monjas y los curas. Su popularidad aumentó y sus notas bajaron; le sacó los pies a sor Ifigenia, a sus formas de chiva, su bigote, su hábito, que olía a armario, y abandonó la décima para enfocar toda su energía en hacerse la paja y en la guitarra que le habían comprado sus padres.

73

El corazón se le estrujaba pensando en la monja, en cómo la había traicionado cuando tenía quince años. Hacía tiempo que no limpiaba pizarras con la sor, pero ella recordaba su cumpleaños y se le acercó con un regalo. Él se sintió incómodo cuando la monja se lo dio y, al escuchar los chistes que sus compañeros hacían sobre Ifigenia mientras esta se alejaba, lo tiró semiabierto en un zafacón cercano, fingiendo una risa grotesca para su público. Más tarde, asegurándose de que nadie lo viera, sacó el libro de la basura y fue a buscar a sor Ifigenia para darle las gracias, para pedirle excusas, para ayudarla a limpiar las pizarras. El pasillo hacia la oficina se le hizo del largo de la Muralla China, columnas neoclásicas pintadas de verde se inclinaban sobre su cabeza, y la monja que trabajaba en admisiones, una mujer con un ojo completamente blanco, le dijo que Ifigenia se había ido para siempre.

«El regalo de Ifigenia» era el título de la más oscura de todas sus canciones. Una canción sobre el cuchillo que le había clavado a la monja por la espalda. Conservaba el regalo rescatado de la basura aquel día, una edición de tapa dura de las obras de Sófocles, lo primero que buscó al tirarse de la cama esa mañana procurando algún tipo de conexión con su maestra, a quien imaginaba muerta y por quien de vez en cuando encendía una vela. Imaginó la vela, pues no tenía ninguna, y la vio consumirse en su mente mientras cogía la guitarra y cantaba en el sofá, todavía cautivo del malestar y con la voz rota para ella, «Los ejes de mi carreta».

La primera escena, la del cuchillo, tardó una hora en escribirla. Eran diez décimas. Pensó: «Estoy flojón, fuera de forma». Cuando las hacía en la escuela, una compañera medía el tiempo con un reloj de pulsera; había improvisado algunas en un minuto. El personaje del buzo estaba inspirado en Jacobo, un buzo que vendía lo que rescataba del vertedero en el pequeño Haití detrás del Mercado Modelo. Rudy le había comprado un siniestro Micky Mau tuerto de yeso y las enormes pinzas de herrero antiguas que colgaban de la pared sobre su cama, todos ellos juguetes de una época dorada en la que corría diez kilómetros al amanecer, componía antes del mediodía, ensayaba al atardecer y en la noche recibía visitas. Estaba cortao, olía al aceite de coco que sus jevas le untaban para que se viera brilloso en las fotos y, cuando le gustaba un hombre, se le montaba una gitana que recitaba *Yerma*. Sus videos musicales los dirigían maricones venezolanos y lo vestían maricones alemanes. Artistas ultramodernos, las hijas de los dueños de los bancos, merengueros, periodistas investigativas, premios nobel, macheteros puertorriqueños y actrices de cine cubanas se doblaban sobre su mesa de centro a darse una raya con «Aces High» de fondo.

El cristal de la mesa de centro llevaba tres años roto, las aspas del abanico de techo de la sala vestían

75

un velludo estuche de hollín y grasa y la pintura del techo colgaba en bolsas de las que goteaba agua sucia. El sofá de leather de tres plazas, donde se había singado a medio mundo, estaba lleno de manchas amarillas de sudor y quemaduras de joints; era como él, un apestoso dinosaurio.

Soltó el recetario en el que estaba escribiendo. Abrió las ventanas corredizas, empujó el sofá hasta el balcón y lo lanzó desde el tercer piso hacia el parqueo del edificio. El mueble se destripó contra el asfalto y el ruido llenó todos los balcones de vecinos. Agotado por el titánico esfuerzo, se tiró en la cama mientras el encargado de mantenimiento le reventaba el timbre. Le volvieron las náuseas, el dolor de cabeza, un malestar que podía aliviar con una Presidente fría y un canquiñazo, pero resistiría, se limpiaría por la gran obra de arte que le debía al mundo y que lo coronaría a sus cuarenta y cuatro años como el gran poeta trágico del Caribe. Al pensar estas cosas se veía, con una nitidez espeluznante, envuelto en un himatión declamando maníaco en un pequeño abetal.

Había trabajo que hacer para facturar esa gloria. Se quedó largo rato mirando el techo lleno de manchas, deseando un cigarrillo, pero sin fuerzas para ir a buscar la cajetilla. A pesar de la debilidad, en el fondo de su cabeza se organizaban labores espontáneas. Los recuerdos, las conjeturas, las lecturas, las caras y los espacios atravesaban la nube de su consciencia como rayos en una tormenta eléctrica. Se le iba revelando el esquema a través del cual se clavaría en su destino el cuchillo que había encontrado el buzo. De la sala llegaba el proto heavy metal del verano de Vivaldi; el cielo se aclaró de pronto y el sol calentó sus carnes, así como el himatión que había improvisado con una sábana. Respirando hondo, se obligó a sentarse en la cama y a caminar hasta la sala, ahora que no había sofá solo podía sentarse en el comedor, y encendió un Nacional buscando con la mirada las cosas que, más adelante, tiraría también por la ventana y anotó en la libreta:

Un chamaquito en olla quiere una guitarra eléctrica.

«Guinea», escribió Asmodeo, y Rudy añadió: «Costa de esclavos». El demonio iba colándose, jugando a adivinar lo que su caballo dejaría como suyo en la libreta, lo que no tacharía. Proponía ideas, escenas, nombres y apariencias para sus personajes. La libreta se llenaba de vectores y esquemas, y la caligrafía embellecía. Rudy se levantó a poner el álbum *Sabotage*, de Black Sabbath, para escuchar «Hole in the Sky», pues quería escribir con ese vibe extraño del último disco bueno que hicieron con Ozzy. La canción era sucia, pesada, divertida y en versos endecasílabos. Asmodeo aprovechó los surcos que la música abría hacia las profundidades de Rudy, cuyas manos se puso como un guante, tronándose uno a uno los dedos, moviendo también las articulaciones de la marioneta que estaban fraguando juntos, un Guinea de aire que pronto cantaría su canción en el recetario.

II

Por la correa de una caja registradora ruedan productos con empaques de plástico, todo es del mismo color gris un poco quemado en los bordes. En la caja está Karen, una mujer de veintiún años. Lleva un chaleco gris sobre un uniforme gris y va pasando los productos por el lector de precios de forma mecánica. Junto a la caja hay una clienta con una máscara sin rasgos. Al final de la correa está Guinea, el empacador, un chamaco de 18 años que mete los productos grises en bolsas también grises. Guinea lleva jean negro, botas negras, camiseta negra, aretes de calavera en las orejas, el pelo, greñudo, en una coleta y, encima, el chaleco gris del uniforme. Hace su trabajo con gesto de enojo y canta.

Guinea:

> *Ahí van otra vez los potes*
> *bajando por la correa*
> *son flores de gonorrea*
> *plástico pa que lo botes*
> *después de que se les brote*
> *lo que es que tienen adentro*

78

jalea de un experimento
que le quemó los ojitos
a un millón de conejitos
criados pa ese tormento.

Rodando llegan las latas
pesadas como soldados
en el interior cuajado
llevan babosa garata
con su gris cola de rata
embellecerán el tanque
donde, abolladas, cortantes,
junto al vegetal podrido
o bien semidigerido
preservarán su talante.

Detrás vienen los cartones
con su careta cuadrada
con sus mentiras pintadas
llenos de polvos marrones
pa endulzar los biberones
con que nos duermen los amos
deste lugar donde estamos
viendo desfilar basura
como si fuera hermosura
triste Domingo de Ramos.

La carne mal empacada
humedece la correa
con su olor a jicotea

meando el agua estancada
musculosa y rebanada
saciadora del gusano
que vendrá tarde o temprano
en cualquiera de sus formas
en su boca hallan su horma
todos los seres mundanos.

En la retaguardia el vidrio
de verdinegras botellas
transparente se restrella
en sus futuros exilios
candelabro para el cirio
para la tumba el florero
y envase del hechicero
donde las yerbas del campo
que tienen nombres de santo
se juntan con aguacero.

Sin dejar de pasar los productos, Karen, la cajera,
mueve la cabeza para mirar a Guinea.

Karen:

Estoy al coger la loma
con tu maldita poesía
qué maldita letanía
esto no hay quien se lo coma
me tienes la punta roma
con la cantaleta esa

como una monja que reza
en una celda aburría
me tienes aborrecía
¿qué es lo que tú no procesa?

Si te cortaras el pelo
y te cambiaras la ropa
y si oyeras otra cosa
merengue, salsa o bolero
te pusieran de cajero
y no de lo que te quejas
pero con esas madejas
no hay adelanto posible
con calaveras visibles
colgando de tus orejas.

Guinea:

¿No ves que somos lo mismo,
que somos dos mecanismos,
pedaleando en espejismos
y empacando pal abismo?

¿No ves que el tiempo no pasa
en este oscuro ciclismo?
¿Que este par de compradores
son los mismos, mismos, mismos?

Karen:

Tienes el cerebro lleno
de alitas de cucaracha
eso jala mala racha
y no te lleva a na bueno
a esa vaina ponle freno
busca hacer algo que valga
o te veré cuando salgas
del disparate que ostentas
volverás, como ahora, a tientas
con el rabo entre las nalgas.

Rudy leyó en voz alta la escena. La obra sería una crítica al capitalismo dominicano. Asmodeo rio con las pretensiones de Rudy y con las décimas de Karen. Le venía bien estar en un solo sitio, hacer una sola cosa, tocar las tablas de caoba de la mesa, rayarse la palma de la mano con la pluma y borrar la tinta con los dedos, placeres del tacto solo disponibles en el presente de un cuerpo.

«Quizás quien se está poniendo viejo soy yo», pensó el demonio, y deseó por un segundo las sofisticadas sensualidades de una vida ascética, de un caballo místico. Una castidad elegida que cancelaría la humillación de la impotencia. Esos objetivos extramundanos lo llenaron de paz, pero solo un segundo, pues Niurka tocaba el timbre y por la rendija de la puerta entraba la insoportable luz del arcángel que la acompañaba. Traía el almuerzo y medicinas para Rudy, que se sintió ridículo en la toga pero redimido por las hojitas garabateadas que había sobre la mesa. Asmodeo y el arcángel compartían el silencio incómodo de los padres divorciados, mientras Niurka y Rudy abrían las cajas de pollo con tostones. La luz del arcángel, que había devuelto a Asmodeo su forma original la noche anterior, no tenía durante el día el mismo efecto. Era el sol abrasador de las dunas de la frontera y hacía con Asmodeo lo que los pintores de demonios han hecho siempre, convertirlo en un carbón viviente de cuernos recién brotados y encías de pocos dientes. El apartamento olía a carne rostizada.

El arcángel adoptó también una forma más legible y su luz se cuajó en un cuerpo de formas humanas con zapatillas y falda de centurión, con la melena rubia batida, despampanante, ojos de tigresa delineados a la egipcia y labios de rosa nacarado. Era una Rocío Jurado vestida de soldado romano que, con cara de desaprobación, se asomaba a la mesa para echar un ojo a los papeles de Rudy. Asmodeo, retorciéndose de dolor pero negándose a pedirle clemencia, le dijo, para molestarlo, «Rocío», pero la voz le salió pujada, débil, como si se estuviera cagando. Era un chiste viejo, un apodo que le había puesto al arcángel en el 83, cuando Rudy estaba enamorado de Niurka y Asmodeo tenía que bregar con el arcángel todo el tiempo. Llamarlo Rocío era la única arma que le quedaba a Asmodeo, su pobre defensa contra la humillación que le infligía un vulgar soldado, un muchacho de mandados. A él, que había visto las patas del trono omnipotente. A él, que había sido consejero de la justicia divina. A él, que había sellado con su canto la inveterada gloria del altísimo. A él, que era un serafín.

Niurka y Rudy recogieron la mesa en silencio y lavaron los platos juntos mientras el arcángel desaparecía junto con la odiosa influencia que ejercía sobre Asmodeo. Niurka hundió una jeringuilla en una ampolleta de complejo B para ponérsela a Rudy en la nalga; él se recostó en la cama boca abajo y, mientras le hincaba la aguja, Niurka le dijo: «Quiero ver al hombre ese». Hablaba de Arsenio, el padre de Mireya, la desgraciada coincidencia que los había hermanado para siempre.

«¿Para qué quieres ver a ese hijo de puta?», le preguntó Rudy quitándose la sábana y poniéndose unos shorts que había sacado de una gaveta. Estaba un poco herido al entender el interés que había detrás de las generosas visitas de Niurka. «Quiero ver si está vivo, quiero verle la cara», le dijo ella. «¿No te basta con soñarte con él todas las noches?», le contestó él de esa manera que ella tanto odiaba, con una pregunta, pero en el fondo la idea lo había entusiasmado. Apreciaba el subidón de la infame aventura: era un giro de la trama, el tipo de cosa por la que los ángeles se siguen tirando de clavado hacia este mundo.

Se movían lentamente por la avenida Bolívar en el Chevy del 59 de Rudy. Eran las cinco de la tarde y comenzaban a cerrarse los tapones. El carro no tenía aire acondicionado y las ventanas no bajaban por completo; sudaban como enormes bebés sietemesinos en una gran incubadora roja. En la radio sonaba el top ten de la X-102, Mano Negra, Los Fabulosos Cadillacs, Enanitos Verdes. Rudy odiaba el llamado *rock en español*. Eso no era rock: era fusión, folklore, rap, reggae, cualquier cosa. Él sí había hecho rock en español, rock pesado, rock n' roll, punk y heavy metal. Ahora que todos lo consumían, ahora que hasta en las estaciones de merengue ponían el álbum negro de Metallica, ahora que Nirvana se bailaba en las discotecas, él, Rudy Caraquita, no tenía banda y malgastaba sus horas en dar paseos nostálgicos con Niurka, que siempre lo había tratado como mierda.

Al llegar a Mata Hambre, se parquearon bajo las javillas y el típico olor a alcantarilla entró por la pulgada abierta de los cristales. No iban a hacer nada;

esperarían a ver si alguien bajaba o se asomaba al balcón. «¿Qué dirían tus pacientes Niurkita?», le dijo Rudy para molestarla, pero la vio con los ojos aguados, encendiendo un cigarrillo con un encendedor que le temblaba en la mano y quiso besarle los pies, protegerla de todos los peligros. Su radiante perfil sobresalía en el empolvado paisaje de la ciudad; los colores pastel de su ropa deportiva europea no encajaban con el olor a gasoil de la tarde, ni con los billeteros, ni con la gente que esperaba voladoras en la avenida Independencia al final de trabajos mal pagados.

«¿Para esto sí me quieres?», le preguntó Rudy, e intentó tocarle un rizo que le caía sobre el hombro, pero Niurka lo esquivó y le dijo: «Cógelo suave». Venía cada año a pasar unas vacaciones en el país, pero estas se habían extendido demasiado. Era evidente que estaba cansada de la avasalladora energía de Santo Domingo, de las nuevas y mejores formas de lo mismo. Sus pacientes la esperaban en su consultorio de Madrid, pero ahí estaba, velando el balcón de un torturador de los doce años de Balaguer mientras este, que había vuelto a palacio tocado con las guirnaldas de una amnésica democracia, acariciaba sus perros collie en la Máximo Gómez.

Asmodeo estaba harto de los aires que se daba Niurka, del efecto que su compañía ejercía sobre su caballo, del aburrido contenido de sus encuentros. Se dispuso a subir para avisar a Mireya de que estaban ahí, pero en el trayecto, que en otra ocasión le habría tomado un segundo, halló una extraña oposición. Cuando logró entrar a la casa, encontró las paredes rayadas con cruces de azul de metileno, un tejido con el que Mireya impedía la entrada a su cuerpo: la sala de espera estaba cerrada.

Privado de su albergue, Asmodeo se posó en el hombro derecho de la mujer, que traqueteaba en la habitación de su padre, una pieza con ventanas hacia la avenida por donde entraba el griterío del barrio. La obesidad mórbida de Arsenio lo tenía en una cama de posiciones. A esta hora Mireya lo ponía de lado para limpiarle las llagas de la espalda, heridas tropicales que florecían contra la sábana y que aliviaba con agua oxigenada y unas gasas que prevenían el contacto con el colchón. Al sentir la presencia de Asmodeo, Mireya se masajeó el cuello y le preguntó si ya había encontrado un caballo nuevo, pero Asmodeo había olvidado esas labores, embebido como estaba en el recién reestablecido trabajo creativo de Rudy, «que, por cierto, está allá abajo con Niurka».

Mireya no conocía a Niurka. Ya en el 75 el edificio se había llenado de gente y su padre hacía el trabajo en otra parte, pero sabía por Asmodeo quién era y qué tipo de ángel andaba con ella. «Con mucho gusto les doy un tour por esta mansión», le dijo a Asmodeo con sorna rabiosa, viendo que, al retirar el

tejido de la gasa, se quedaba calcado en la pus de la
llaga. Caminó hasta el balcón con la gasa sucia en la
mano, pero Rudy y Niurka estaban peleando junto
a un carro viejo bajo las javillas y no la vieron. Regresó a la habitación de su padre, tomó un atomizador morado con el que roció agua oxigenada en las
úlceras y las convirtió en pequeños parchos de nieve. Estaba despeinada y ansiosa, Asmodeo nunca la
había visto así. Ni de niña, cuando, tras llegar de la
escuela, y sin descuidar sus asignaciones, cumplía las
difíciles labores que su padre le había impuesto. A
Asmodeo le daba pena que con un talento como el
suyo siguiera cuidando a Arsenio, cocinándole, lim-
piándole la mierda, y quiso agasajarla, entretenerla,
para lo cual le contó su aventura del día anterior, su
paseo con Sayuri; le habló de Guinea, quien ahora
tenía el cuchillo, y sobre Lili la Turbia y su diligencia. Ella se espantó al saber que el cuchillo andaba
rodando de mano en mano, que la otra bruja lo había
usado, que Sayuri no lo tenía. «Demonio de mierda, no haces nada bien. Estás chocho, ¿es?», le dijo
sin soltar el atomizador, y, luego gritando, cosa que
no era necesaria: «¿No te diste cuenta de que había
otra cosa ahí adentro en el cuchillo?».

Cayó sentada en el piso al pie de la cama de posiciones y le dijo con la voz rota: «Me estoy murien-
do, condenao. Estoy enferma. Es el talento lo que
me tiene así, con dolores en el vientre de día y de
noche. Tengo que dárselo a alguien para sanarme».

Asmodeo sintió la inflamación general, las células, que presas del mismo terror a la muerte que su dueña, rechazaban histéricas su visita. «Ayúdame, condenao», le suplicó a Asmodeo. Necesitaba deshacerse de sus facultades, ese contubernio con demonios y almas del purgatorio que amenazaba con reventarla. Necesitaba a alguien en quien depositar esos dones, una cabeza que pudiese aguantarlos. «La muchachita tiene con qué –le dijo sobre Sayuri–. El cuchillo tiene que estar con ella tres días.»

«Yo trabajo, mi niña, yo lo arreglo», le juró el demonio cuando el último rabo de sol se metía en el horizonte. Sentía por Mireya una mezcla de ternura y miedo. Era su compañera de trabajo, su socia, su cómplice, la nigromante en botitas sucias de sangre que le había conseguido caballo.

El Chevy gruñó al arrancar. Rudy y Niurka se marchaban por donde habían venido. Asmodeo, por su parte, atravesaba el techo de la habitación de Arsenio elevándose hasta dejar atrás la azotea, los tinacos, la ropa en los alambres flotando sobre las javillas y los postes de luz, que recién se encendían, hasta que la capital fue una mezcla de colores opacos en donde ubicar la luz del cuchillo que cargaba los poderes de Mireya, un tesoro que se hallaba en la mochila de Guinea junto a un fajo de pesos dominicanos al norte de la ciudad.

Asmodeo echó un vistazo a las otras mansiones de la calle descifrando por el estilo de sus rejas el origen del dinero de sus dueños. La casa de Claudio, de estilo brutalista, tenía dos pisos y un bosque tropical en la parte trasera. Estaba ubicada en Arroyo Hondo, en la punta de una colina rodeada en su base por un cinturón de miseria. Era de noche y las paredes, grises sin pintar, parecían las de un búnker nazi. Afuera había parqueadas dos jeepetas de ese año y, frente a ellas, en una silla plegable, había un hombre leyendo un periódico bajo la bombilla de un alero. Guinea supuso que era el chofer de la casa y lo saludó, invadido por una extraña sensación de irrealidad. Tocó el timbre y Claudio le abrió la puerta. Era un flaco duro de diecinueve años con una larga melena de brillosos bucles; tenía perforaciones en las cejas y una nariz grande con el tabique un poco torcido. La voz la tenía gruesa y sus ojos sonreían a la vez que sus dientes después de cada oración. Llevaba pantalones de cuero negro, muñequeras de cuero con púas, botas Corcoran de

Vietnam y, sobre el torso, un chaleco de cuero con el que exhibía su profusa colección de tatuajes. La alfombra de la sala era blanca y Guinea, que temía ensuciarla con sus Converse rotos, se preguntaba si en los muebles también blancos se sentaba alguna vez alguien. En las paredes había unas pinturas monumentales de García Cordero: dos monstruosos perros de pieles cenicientas. Bajaron por una escalera de caoba hacia un sótano de paredes pintadas de púrpura. En una esquina había un piano de cola y un mueble de cedro empotrado con un equipo de sonido, además de unos libros gruesos encuadernados en pasta que lucían, pensó Guinea, como los libros antiguos que vendía su tío. Junto al piano había varias guitarras eléctricas en sus stands. Guinea intentó adivinar cuál era la que Claudio iba a venderle. Sobre un sofá de terciopelo rojo colgaba una cruz de plata invertida. No había mosh pit ni cabeceo, y en el equipo sonaba «A Blaze in the Northern Sky», de Darkthrone.

Asmodeo encontró la atmósfera agradable, los objetos deseables, la música hospitalaria y decididamente demoníaca. Se entusiasmó con los cuerpos que conversaban y reían tras dos puertas de cristal tomando shots en una terraza que conducía a una manigua negra como boca de lobo. Los alaridos de la canción de Darkthrone tendían puentes entre la oscura manigua y la casa, pelaban como una china la cáscara de los átomos; el metal extremo, que parecía grabado en una catedral del infierno, hacía lucir el thrash metal que le gustaba a Guinea como música infantil.

Claudio no se molestó en presentárselo a nadie y lo llevó al caminito hacia la manigua donde Sayuri estaba hablando con un tipo que llevaba maquillaje de cadáver. A Guinea le pareció ridículo, un Gene Simmons con la pintura embarrada. Sayuri navegaba el ambiente mejor que Guinea por su cinismo, por sus silencios y porque estaba buena. A Guinea le sorprendió verla allí, con lo mal que hablaba de Claudio, de «los riquitos de mierda». Pero se tranquilizó cuando ella le guiñó un ojo buscando su complicidad, burlándose secretamente del tipo con maquillaje, de su fingida melancolía, de su satanismo de supermercado.

En la terraza había una mesa de hierro con botellas de vino y Jack Daniel's. Guinea abrió su mochila sobre ella y sacó el dinero junto con el cuchillo. Claudio miró los billetes con asco, pero cogió el cuchillo y lo levantó hacia el cielo como si fuera a atrapar un relámpago con él. Se sacó una bandana negra del bolsillo y, tras limpiar la hoja soplándola para sacarle brillo, se metió el arma en la bota. Entró en el sótano a buscar la guitarra que iba a darle a Guinea, no entre las que estaban en exhibición en los stands, sino en un case lleno de stickers en una esquina. Era una Fender azul bastante despintada con las cuerdas oxidadas, la primera que le había comprado su mamá. Cuando se la puso en las manos a Guinea, sin mirarlo, como quien le pasa un vaso sucio a un sirviente, el disco de Darkthrone había llegado a su fin.

Claudio cogió una Flying V negra de su stand, la conectó al amplificador y, poniendo los ojos en la cruz del Faro a Colón, que rayaba el cielo, interpretó «The Sign of the Southern Cross», de Black Sabbath. La luz de una ventana en el piso superior iluminaba sus músculos, humedecidos por el vapor que subía de la manigua, una delicada neblina que desdibujaba los contornos de las cosas. El canto expandía su cuerpo y aplanaba el de los otros como a siluetas recortadas de una revista, muñecos de papel en torno a Sayuri, a quien devolvió sus volúmenes mirándola a los ojos para cantarle el coro. Su voz raspaba las graves como un viejo bluesero ciego y arañaba las altas con dominio operático. Su transfigurado rostro no se inclinó a mirar las cuerdas de la guitarra ni una sola vez, ni siquiera mientras redecoraba con solos suyos la canción. Cerró los ojos para una improvisación final de barrocos virtuosismos haciendo de su pelvis y de la guitarra una sola cosa, ruido, melodía y golpes que al terminar la pieza le habían echado la noche en el bolsillo.

«Lust», de Sarcófago, salió de las bocinas a todo volumen y el grueso de la fiesta corrió, gritando como chistes nombres de demonios en latín, a internarse en la manigua, aullando. Se oían carcajadas, ramas y hojas secas aplastadas, voces masculinas que bramaban como en un campo de guerra, cuerpos rompiendo el viento entre los árboles y descendiendo hacia la maleza. Las agujas de luz amarilla que llegaban de la calle al final de la propiedad dibujaban monstruosidades abstractas en la penumbra; a lo lejos la música retumbaba y se convertía en otra cosa en los confines de la manigua. Claudio tomó a Sayuri de la mano y corrió con ella hacia el centro del bosque, hasta un claro al pie de una ceiba centenaria rodeada de plátanos. Las hojas de los pinos graneaban la luz sobre sus rostros y los hacían descender hacia otras formas, como animales líquidos que pasan de una botella a una copa. Se sacó el cuchillo de la bota y se hirió el antebrazo. Acercó los labios para beber su propia sangre y atrajo a Sayuri por la cintura para besarla y echársela en la boca. La sustancia, al bajar por los esófagos y salvar de un tranco la distancia hacia el interior de las células, las atracó, las volteó como medias. Sayuri atrajo a Claudio hacia la tierra, que estaba llena de pencas de plátano, se bajó los pantalones y se abrió para que se lo metiera. Él la penetró hasta el tronco. Tenía el cuchillo todavía en la mano y lo puso sobre la de ella para que lo sostuvieran juntos contra la humedad del suelo. La llenó con embestidas rápidas y cortas, como había atacado la guitarra, y la hizo venir viniéndose duro adentro de ella, deshilvanado y ciego en el cuchicheo de sombras.

Cuando salieron de la manigua los invitados se habían marchado y la luna, como una rueda de salami, plantaba cara sobre la casa. Abrieron el sofá cama del sótano y se acostaron en él con una copia del *Làbas*, de Huysmans, de la que Claudio le leyó partes de monjas posesas de las que se rieron a carcajadas. Era una edición de 1928 encuadernada en pasta española verde y mostaza. La primera página del libro estaba firmada en una letra de formas largas y achatadas por un tal Giovanni Tritto. «Giovanni Tritto es mi abuelo –le dijo Claudio–, el dueño de esta biblioteca.» Sayuri recorrió el nombre con la punta del dedo y se erizó por completo: los hombros se le apretaron con la acalambrada tensión de la que se había quejado con Mireya; el dolor en los huesos, en la cuenca de los ojos. Para remediarlo se levantó a buscar el cuchillo, el supuesto remedio de la bruja. Tan pronto lo tuvo en la mano, una visión la arrebató: un hombre desnudo espera de pie en el fondo de una fosa profunda; sobre su cuerpo se derrama copioso un baño de sangre. Soltó el cuchillo. Un olor a cheles viejos le llenó la nariz, la garganta, y le hizo buscar el cuerpo de Claudio, disolver en placer el miedo, la tensión, concentrada en montarlo lentamente, en subir y bajar, en llenarse hasta el cuello con él y con la opulencia del ambiente, una abundancia que la mojaba, en la que quería echar raíces.

Rezagado en la manigua, Asmodeo vagaba ebrio de posibilidad. El demonio había encontrado un caballo a su medida, un garañón con piano de cola y chofer. Fantaseaba con la forma en que se concretaría el pacto, con los días de vino y rosas que pasaría en aquel sótano, donde el muchacho encarnaba la vibrante espesura del ocaso. Su interpretación había transportado a Asmodeo al valle primigenio sobre el que llovieron las estrellas de la primera rebelión. Quería poseerlo, holgarse principesco en rondas orgiásticas en la manigua; quería tocar con sus jóvenes dedos todas esas guitarras.

Como con Rudy en el 69, una bruja tenía que cerrar el pacto. Si conseguía que Sayuri estuviese tres días en la proximidad del cuchillo, el don de Mireya pasaría a su cuerpo y la misma Sayuri podría entonces casarlo con su caballo nuevo. Estas matemáticas lo entusiasmaban y se acercó a contemplar los dos cuerpos desnudos en el sofá cama mientras abrigaba una codicia eufórica imaginando lo que lograría con Claudio de caballo y con Sayuri trabajando con los poderes de Mireya. Sueños de profusa fama, gloria y poderío lo tenían flotando pegado al techo, ensimismado y reducido al merodeo de los anhelos.

Claudio se levantó de pronto y caminó desnudo hasta la puerta de cristal. La abrió y salió a la terraza. La luna iluminaba el camino hacia la manigua desde la que subía el croar de ranas que se apareaban en el agua acumulada en las bromelias. Abrió las manos con las palmas hacia arriba como si fuese a coger algo que caía del cielo y entró. Se sentó al piano. Tocó el segundo do de izquierda a derecha y la nota cubrió como una colcha la quietud del sótano. Volvió a hundir el dedo en la tecla. La edición de *Là-bas* de su abuelo había quedado sobre el piano. Claudio la abrió en la última página, en donde figuraba la palabra *Azazel* escrita en la misma letra achatada del dueño del libro.

Azazel. La contemplación de esos caracteres alivió a Asmodeo de su continuo maquinar: esa palabra era un bálsamo, agua fresca. «Y echará suertes Aarón sobre los dos machos cabríos; una suerte por Jehová, y otra suerte por Azazel.» Las palabras del Levítico transportaron a Asmodeo a un arenal, donde un oráculo de piedras tiradas decide la suerte de dos chivos: uno le será sacrificado a Jehová y el otro, el de Azazel, cargará con los pecados del pueblo y será liberado en el desierto, de donde no regresará jamás.

Azazel, la venerada leyenda en la que los espíritus inmundos veían una promesa. El primer macho cabrío, sacrificado al altísimo, era la prefiguración de Jesús, redentor de la raza humana, mientras que el de Azazel sería el mesías de los demonios, el chivo que con su sacrificio restituiría sus identidades celestiales. Asmodeo se regocijó con esa casualidad y quiso interpretarla como una señal de que el pacto con Claudio estaría bien aspectado. Se acercó a su nuevo prospecto y, como una absurda prometida, le sopló un beso.

MIÉRCOLES

En la acera, junto al mueble que Rudy había tirado por la ventana, se encontraba la mesa de centro, el librero de ratán y otros cachivaches, lámparas, afiches y un par de patines de cuero marrón de los que también se había desecho. El conjunto reposaba bajo las fundas de basura que sus vecinos le habían depositado encima. Era una isla de recuerdos y comida podrida sobre la que volaban intrépidos moscardones verdes.

El apartamento estaba vacío excepto por la pequeña mesa del comedor de caoba centenaria que se había traído de casa de sus padres en Santiago. Los cuadros estaban descolgados y metidos en un closet. El equipo de sonido, junto a una torre de casetes y libros, descansaba sobre el piso, que estaba barrido y olía a Mistolín. En la mesa había un folder con papeles, un cenicero rebosante de colillas y un cuaderno de espiral que había sustituido al recetario de Niurka. Rudy escribía jorobado como un copista medieval embellecido por el oro que la primera luz del día sacaba a las partículas de polvo en el aire. Las de la mañana eran sus horas productivas y, tras haberlas despilfarrado por años en resacas y mea culpas, recobraba poco a poco el escurridizo terreno de su voluntad. Atrás quedaba la amargura que las rimas de Rudy le provocaran a Asmodeo la mañana anterior. Esta vez, encontrarlo trabajando le hizo sentir satisfecho, incluso orgulloso: su caballo viejo irradiaba un aura de respetabilidad. «Estará entretenido cuando me mude a Arroyo Hondo», pensó Asmodeo, y le hizo vacías promesas de estar pendiente de sus logros y sus problemas, como un padre que abandona a sus hijos para siempre.

Al entrar en él Asmodeo lo halló enfrascado en labores de estructura. Boceteaba la forma interna de su obra en complejos esquemas de círculos y rectas, escaleras, vectores seccionados por palabras que para Asmodeo no tenían ningún sentido. De lejos tenían el mismo aspecto que las firmas que se hacen en el suelo con polvos mágicos para atraer entidades a la tierra. Mientras en el papel ocurrían estas cosas, en el cerebro de Rudy imágenes e ideas se sucedían a la velocidad con que un croupier baraja las cartas en la mesa de un casino. Era una función casi automática que a Asmodeo le gustaba atribuirse y que organizaba el caótico discurrir de la experiencia humana sellando con mentiras los boquetes insalvables, amarrando, como en un hechizo, las formas reales y ficticias.

Entre los garabatos había oraciones legibles:

Trauma, trampa, tragedia y tránsito.
Una superficie placentera.
La persiana del diablo.

La persiana del diablo era una idea vieja. Un título sin obra al que regresaba siempre. Más que un título era una atmósfera, una imagen que había surgido en un ensayo en el 75. Esa primera banda eléctrica era un trío. Alan Piantini, un riquito adicto a la heroína, tocaba la batería; Yiyo Morel, un anarquista a quien había conocido en Antropología en la UASD, el bajo, y Rudy cantaba y tocaba la guitarra. Se juntaban a improvisar riffs buscando *levantar muertos*, que era como Rudy llamaba en aquel entonces al sonido que quería. Una tarde tocó a la guitarra la melodía de un canto de los Congos, sonidos que había escuchado en sus estudios de campo. Era una melodía de cinco notas, oscura y desigual que Alan acompañó con una marcha lenta al bombo «una vaina de estar enterrao vivo». En aquella época ensayaban en Los Praditos en un cuartico de paredes forradas con colchones viejos. Hacía cuarenta grados a la sombra y no tenían ni un abanico. El aire entraba caliente por los hoyos de la nariz; el sudor mojaba los instrumentos, ampollaba los cojones adentro de los jeans. Por la única persianita de metal entraba un solazo naranja en el que los mufflers de los carros que pasaban por la calle pintaban remolinos de humo negro. De pronto tuvo la certeza de estar ensayando en un infierno, de que algo oscuro y primigenio se asomaría en cualquier momento por la ventana, de estar siendo observado todo el tiempo. Aquella ventana de aluminio era el suiche con el que calibraba el tono de su trabajo, de sus canciones, de la obra que comenzaba a escribir.

Encendió un joint que tenía hecho en el borde de la mesa y pasó el dedo por sus bosquejos admirado, como si fueran ajenos. Asmodeo aspiró el agridulce humo de la yerba y para que el ejercicio de Rudy diese fruto, lo empujó en cierta dirección, atrayéndolo con un caminito de migas: su visita a Mata Hambre con Niurka, la enervante energía del lugar, los talentos de Mireya, la niña de Arsenio, y el cuchillo del vertedero.

Mireya, como Rudy la imaginaba de grande, cobraba forma en su cabeza empuñando el cuchillo del buzo en la mano contra una noche sin luna en la azotea de su apartamento en Mata Hambre. Es una figura imponente y voluptuosa, de pelo y uñas arreglados por saloneras y ropa elegante y bien planchada; se viste como una flamante abogada de inmigración. Rumia unas palabras y le presenta el arma, alzándola con ambas manos, a la cohorte de seres que sobrevuela día y noche el edificio. El viento se alborota y se entremezcla con su aliento. Es una bruja consumada que busca un nuevo local para su negocio. Busca una heredera en cuyo cuerpo quepa un mercado completo. El cuchillo es la patana que hará la mudanza, el letrero de PRONTA INAUGURACIÓN que atraerá a las huestes hacia la nueva sucursal.

El trabajo está hecho y Asmodeo reposa, eficiente, en lo que viene después, un raudal de escritura en el que Rudy dará voz a la bruja, en el que inventará el lenguaje del convenio, apoyado en efluvios que no pasan por Asmodeo, hálitos que se le escapan incluso al mismo diablo. Piensa en Lezama y en su excesivo uso de la palabra *moldura*, en las oraciones de su tía Venecia para llamar la lluvia en Navarrete, en Ronnie James Dio y en las brujas de Macbeth, y de ese tumulto extrae agazapado la oración con la que destaponará la cornucopia, el rabito de papel crepé que el mago jala para sacarse una guirnalda multicolor de la boca.

IV

Mireya:

Porque hospedo una ciencia con su gravamen
camerino al que el viento hace reverencia
coaguladas brumas que levantan, lamen
este auricular de su preferencia.

Porque he sido una mancha en conferencia
redil de carnes de oscuro ganado
porque en mi fuero han refulgido y han tronado
sus negocios milenarios las potencias.

Porque ha sido brutal la concurrencia
en estos huesos que Eva me ha heredado
este mercado de sombras destemplado
hoy entrega memorando a la gerencia.

Vengo con licencia a armar la mudanza
afilo los filos de finiquitanza
don del lodo negro que se deslabranza
lanza, atina, embute, fragua su varianza.

A partir de hoy he trazado un cerco
no podrán entrar más nunca a mi cuerpo
les ofrezco a cambio casa en un cuchillo
trueque muy sencillo, creo me lo merezco.

Demasiados años ya le he dedicado
a sus mil caprichos, riñas y mandados
por si no se acuerdan ya era su colmado
cuando ni las uñas se me habían formado.

Marcada en el vientre de mi madre fui
y allí recibí mi primer cliente
un ángel desviado, bruto y pestilente
que arribó encargado de trocearme a mí.

Rabiosa una amante de mi padre estaba
su mai quera bruja, un pan remojó
en sangre de luna semicoagulada
y un sello en la harina con la uña inscribió.

El muerto al llegarse a quitarme la vida
cuenta que enseguida tuvo una visión
en pieles de alpaca iba yo vestida
dictando ordenanzas a una división.

Aunque analfabeta el alma calcula
lo que le conviene, cambia su intención
en vez de cumplirle a la del pan sucio
me juró allí mismo total sumisión.

Pero, como siempre con estos arreglos
sale alguien perdiendo, esa vez fui yo
porque para el pacto faltaba la sangre
que la dio mi madre y de parto murió.

Esa pérdida injusta fue suficiente
para hacerme la bruja calculadora
que palante y patrá en una mecedora
hace oro del barro de sus clientes.

Pero basta de recuentos, es la hora
de recogerse, diablillos, a dormir
de ese puño a la punta hay buena eslora
caben todos, no hay cuerpos que oprimir.

Entren ya a su plateada posada
digna descendiente de daga y de espada
que encontraremos con ella morada
lar para el crujir de sus mil quijadas.

Ciego el talento lento te ciernes
odres del vino viernes requiebre
viértete y salta en el tiempo liebre
cueva es el filo sierpe te encierre.

Rudy estaba caliente, con el gatillo hundido. Las rimas salían de él ininterrumpidas como balas de un arma automática. Al terminar, sin releerlas, se coló una greca de café y se comió unas tostadas con mantequilla. Unas migajas cayeron sobre la escena de Mireya. Rudy las sacudió torpemente y luego abrió el cuaderno por el comienzo para revisar la escena que había escrito la noche anterior.

III

Guinea ha ido a probar su guitarra en casa de Lili la Turbia, en Villa Consuelo. Es una pieza con una cama mal arreglada con fotos del periódico de Guns n' Roses y Mötley Crue. Lili la Turbia tiene un amplificador bien viejo y se lo muestra a Guinea.

Lili la Turbia:

Este tiesto que ahí tú ves
era de mi tío Lotario
que con Félix del Rosario
tocó bajo pal de vez.

También viajó a Mayagüez
con el Combo Show de Johnny
cubrió al bajista de Bonnie
en Nueva Yol todo un mes.

Su tiempo no tenía igual
en la clave de la salsa
y puso a baila descalza
a toda Viña del Mal.

Pero probó la heroína
en un viaje a Cartagena
y se fue por esa vena
todo el oro de la mina.

Perdió el guiso y empeñó
su bajo y sus intestinos
la amistad, el tiempo y el tino
puyándose despeñó.

Hace un año se murió
y descubrimo que nunca
vendió ete tiesto que hoy buscas
deben ser cosas de Dio.

Guinea conecta su guitarra al amplificador, que comienza a botar humo blanco; la guitarra no suena y
explota. Lili la Turbia se cubre la cabeza.

Guinea:

Esta mierda e merenguero
la guitarra me ha dañado
debí de haberlo pensado
antes de usar un mierdero
y tu fucking mal agüero
donde llegas siempre pesa
pero de aquí sales presa
si el dinero no aparece
lo que guardé to los meses
pa la guitarrita esa.

Lili la Turbia:

No seas falta de respeto
con el amplificador de tío
que todavía tenía brío
y piensa ¿quién quiere esto?
Quién te vendió ese boleto
que sabía taba pelado
un instrumento ya usado
que seguro ni probaste
y como idiota compraste
sin haberlo ni tocado.

Te cogieron de pendejo
de palomo y maricón
te lo metién hasta home
te montán sin aparejo

siempre como lo cangrejo
caminando para atrá
si tú hubiese ido a comprá
esa guitarra conmigo
la hubiese probao, te obligo
ante de salí de allá.

Yo te dije te cuidaras
de eso maldito riquito
yo te vua ayudá, manito
vamo a hacer bien la jugada
y esa guitarra quemada
se la vamo a ir a estrallar
y si no suelta, a llevar
par de sus vainas valiosas
seguro que hay cosas costosas
clavás en ese lugar.

Guinea:

Tienes razón fue tumbarme
lo que me hizo Claudio a mí
pero te juro hoy a ti
que duro voy a vengarme
una pela voy a darle
para que elija una cara
dentre las nuevas y raras
que tiene en exhibición
guitarras de colección
que en Miami se comprara.

Me reviento de la rabia
adonde miro veo rojo
como si to mis cerrojos
vomitasen negra savia
ni con pelo ni con labia
se libra de una catimba
lo vua coger de marimba
para que nunca se olvide
del día que yo le dije
hoy la tierra tú te singa.

Asmodeo intentó buscar una explicación a la aparición de Lili la Turbia, de Claudio y de la guitarra vieja en la escena, información toda esta que no había compartido con su caballo. Cosas que habían pasado sin que Rudy estuviera presente. Rimas que Rudy había escrito sin él.

Quizá después de tanto tiempo Rudy tenía una conexión con Asmodeo que trascendía el tiempo espacio. Quizá su caballo viejo podía ver «allá a lo lejos» a través de Asmodeo. Quizá Rudy tenía poderes desconocidos para su demonio. Quizá la impotencia venía de la mano de una desbocada clarividencia.

Los prodigios de este tipo lo dejaban encandilado. Celebró la taumaturgia que circulaba intacta por los intersticios genéticos de la raza humana. Pero, si esto no era un producto de la imaginación de Rudy,

Claudio estaba en peligro. Tenía los ojos puestos en ese caballo. Era, como quien dice, ya propiedad suya. Debía avisarlo, protegerlo, salvarlo.

Cubiertos de sudor, se habían metido a la propiedad por la manigua y golpeaban el cristal de la puerta del sótano. Guinea sostenía la guitarra que Claudio le había vendido, manchada de negro como si la hubiera quemado con un soplete. Lili la Turbia tenía puesta una manopla y miraba burlona a Sayuri, que dormía desnuda sobre el sofá cama. Claudio abrió la puerta y los saludó con una risita. «¿Tú crees que sabes más que yo?», le preguntó Guinea, y añadió «Esta vaina no sirve, me tienes que dar otra», y tiró la guitarra quemada en el suelo del sótano para luego, con aire teatral, y un dedo en la barbilla como un engolado comprador de tira cómica, contemplar las guitarras en sus stands. «Se te quemó porque en el hoyo donde tú vives no pagan luz», le dijo Claudio poniéndose un pantalón, y luego, con la misma calma en la voz: «¿De dónde la conectaste, de una mata de coco?». Sayuri se había levantado y, confundida, se tapaba con la sábana buscando algo que ponerse. Guinea le echó mano a la Flying

V negra, tumbando torpe el stand y las otras guitarras. Claudio fue a arrebatársela y la Turbia le metió con la manopla en el estómago. A Sayuri, que iba a ayudarlo, la agarró por el pelo y la hizo arrodillarse para que admirara la breve comedia de Guinea, que con la guitarra colgada hacía gestos de tarima, saludando al público, hasta que sintió en la nuca el revólver frío del chofer de la casa.

Modesto era un hombre de seis pies vestido de lino, con lustrosas botas Bally y un enorme anillo de oro que combinaba con uno de sus incisivos. No sudó cuando le reventó un ojo a Guinea con el anillo ni cuando los hizo acostarse boca abajo en el parqueo hasta que llegara la policía, acercando su cara a Lili la Turbia para decirle: «A ti hay que revisarte, ¿tú eres macho o hembra?». Allá abajo Guinea era un enjambre de rabias que espumeaba por la boca. Desde su perspectiva de cucaracha, los pies de Modesto, Sayuri y Claudio yendo y viniendo eran absurdas aglomeraciones de signos, un lenguaje extranjero hecho de cordones, hebillas y suelas. La voz de la Turbia balbuceando una plegaria lo rajaba por dentro. Quería ayudarla, pero no podía moverse.

Claudio abrió su billetera, sacó los pesos viejos con que Guinea le había pagado y se los tiró encima del ojo malo, junto con el cuchillo, que al caer en el asfalto emitió una nota agudísima que se quedó pegada al oído de Guinea aún después de haber llegado a su fin. Dos empleadas uniformadas habían salido de la casa a presenciar el espectáculo y cuchicheaban sonrientes tapándose la boca con la mano. Sayuri, ya vestida y llorosa, se bajó a recoger el cuchillo del piso, porque le pertenecía, y se lo metió en el bolso sin mirar a Guinea ni una sola vez.

«Suéltalos y lleva a Sayuri a su casa», ordenó Claudio mientras la empleada más vieja le revisaba la cara, el cuello, los brazos, como asegurándose de que no le faltaba ningún miembro. Modesto se mordió una uña y, montándose en una de las jeepetas, les dijo a Lili la Turbia y a Guinea que arrancaran pal carajo. Bajaron a la calle atribulados y, aunque les temblaban las piernas, al llegar a la esquina comenzaron a correr. La empleada más joven se rio como una urraca cuando los vio huyendo colina abajo.

Sayuri fue a montarse en el asiento del copiloto, pero Claudio le dijo que se sentara atrás y ella obedeció aunque le parecía descortés con Modesto. Iba todavía nerviosa con lo que acababa de pasar, temiendo el reencuentro con su madre, que no sabía nada de ella desde el día anterior, pero pensar en Claudio la envalentonaba, la estremecía de excitación y pavor. Hicieron todo el camino en silencio, con el chofer mirándola por el retrovisor, con el ceño fruncido, sobre todo después de que Sayuri le dijera que vivía en Los Girasoles. Sayuri adivinaba las cosas que el hombre iba pensando y el juego se le daba con tanta facilidad que a veces creía estarlas oyendo de verdad. «Maldito cuero, tú te cree que Claudio se va a quedar contigo. Claudio te la echó y adió. Seguro estás combinada con eso do maleante, saltapatrá, do maldito bajo a mierda, sucia, atrevía, dique sentándote atrá.»

Al entrar Modesto en el barrio, subió la radio, como si quisiera moderar con la música la potencia de su diatriba, como si alguien pudiera escucharlo. El barrio era una aglomeración de asentamientos en tierras del Estado donde todavía abundaban los solares baldíos, finquitas de caña brava interrumpidas por casas hechas a retazos que luego se ampliaban de forma asimétrica para albergar a familiares que llegaban de los pueblos del interior. Sayuri guio al chofer por una callejuela de piedras enlodadas hasta una casita azul cobalto con un balcón de rejas pintadas de amarillo en cuyos juntes se formaba una flor de lis. Se desmontó de la jeepeta sin darle las gracias a Modesto, pero este, para su sorpresa, se bajó con ella y saludó con un abrazo a Otilia, su madre, a quien al parecer conocía y que estaba sentada en la acera en una silla de plástico.

Mientras Sayuri se metía en la casa, Otilia y Modesto se sentaron en el balcón a conversar. Sus susurros, en voces demasiado serias, hacían que el día descendiera por oscuros peldaños. Sayuri los oía sin entenderlos desde la habitación que ella y su madre compartían. Parecía que estaban orando por el alma de alguien en un funeral.

El cielo comenzaba a nublarse y la luz, gris, hizo que Sayuri odiara aún más la escueta decoración del cuarto. Había dos camas twin y una coqueta, con su espejo y un abanico de pedestal que tenía la parrilla oxidada. Otilia le había pedido que la limpiara, pero esas labores la ponían de mal humor, le quitaban fuerza. Sobre su cama, en la pared colgaba un afiche de *El tañedor de laúd*, de Caravaggio. Estaba laminado en madera y Guinea se lo había dado; era una de las muchas cosas de gente muerta que terminaban en manos de su tío Senaldo. Era un regalo de cumpleaños que Guinea había elegido porque, según decía, se parecía a ella. En los bucles, en los ojos almendrados, en el gesto de no estar completamente en el presente, de estar siempre «maquinando algo». A Sayuri le gustaba mirarse en ese espejo, holgada en la suavidad de ese lugar, sobre el fresco de esa mesa de mármol, junto al agua limpia de ese jarrón de flores, comiendo esas peras, tocando esa música. Pero su experiencia en Arroyo Hondo había transformado la obra y ahora, en vez de verse a sí misma, veía a Claudio, a quien el personaje del cuadro se parecía mucho más. Claudio con la mirada perdida, Claudio y su forma de aposentarse en el espacio, Claudio con la nevera llena de frutas invernales, Claudio que leía música, Claudio tocando sus guitarras sin pensar en ella. Se olió el antebrazo y le olió a Claudio, se lamió el antebrazo y le supo a Claudio, metió la mano en el bolso, sacó el cuchillo que habían agarrado juntos en la manigua y cerró los ojos, pero, en vez de a Claudio, vio al hombre en la fosa bañándose en sangre.

«¿Es a matarme que vas?», le preguntó Otilia al verla con el cuchillo en la mano. «No, mami, es un regalo», le contestó Sayuri al abrir los ojos. «¿De quién, del maleante sobrino de Senaldo?» Era el tipo de pregunta que su madre fabricaba para joderle la vida. No quería una respuesta: quería sacarla de quicio. Colocó el cuchillo sobre la coqueta, para no provocar a Otilia al tiempo que esta le decía «Esa gente es del diablo Sayuri» aferrándose al marco de la puerta con una mano que la artritis le había deformado y con la que todavía trabajaba para mantener la casa. Tenía las ojeras más hundidas que nunca y se fue sin decirle ni preguntarle nada más a Sayuri, que se quedó tirada en la cama con los pies hacia la cabecera escudriñando el afiche.

Al caer en la marquesina de Claudio, el cuchillo produjo una nota aguda cuya vibración, que tardaba en extinguirse, zarandeó a Asmodeo con la violencia con que un mesero limpia una mesa con un trapo. Rebotaba desorientado, trazando ángulos en el tiempo espacio en cuyas puntas, pausas de un segundo, captaba palabras, imágenes, pensamientos: las manos de Rudy tiemblan. Una predicadora con megáfono cita a Santiago bajo las javillas de Mata Hambre. *El tañedor de laúd*, de Caravaggio. Guinea se mira el ojo amoratado en un espejo. Claudio se sienta a la mesa; su melena, recién lavada, gotea sobre el mantel.

Rudy abre la guía telefónica y busca un número, pero la guía se le cae de las manos: siente un intenso dolor en el brazo izquierdo, en la boca del estómago. Mireya lava las sábanas manchadas de su padre. Desde el parqueo sube la voz de una predicadora con megáfono «porque el que duda es semejante a la onda del mar que es arrastrada por el viento y echada de una parte a otra». *El tañedor de laúd*, de Caravaggio. Guinea se mira el golpe del ojo en el espejo. Claudio come chuletas, papas salteadas y ensalada en una mesa de mantel blanco con cubiertos de plata.

Rudy intenta llamar una ambulancia, a Niurka, a quien sea. Siente un dolor intenso a la altura del hombro izquierdo; le duele el pecho, el corazón, las tripas. Se le cae la guía, marca el 911, se aferra a la tetilla izquierda, que le duele como aquella noche en Mata Hambre. Mireya derrama lágrimas sobre las sábanas, manchadas de mierda, sobre el agua con jabón. Le duele el vientre. Maldice entre dientes a la predicadora; maldice al rey David, a Arsenio, a su abuela en Estebanía; maldice la tarde y el día que llegó a Mata Hambre. Luego alza los ojos al cielo y pide a los ángeles de luz, con los que nunca trabaja, que la ayuden, que permitan que Sayuri pueda heredar su carga. Sayuri contempla hipnotizada *El tañedor de laúd*, de Caravaggio. Lo ve moverse, hablarle. La invita a disfrutar de los manjares que se servirán en esa mesa; le alarga una mano para hacerla entrar en el cuadro, visitar otras estancias. Guinea se mira el ojo reventado, los círculos de distintos morados y azules, la postilla que comienza a formarse, el ojo escondido bajo el párpado hinchado. Piensa en los hombres que abusaron de él, en la impune felicidad con que ríen y asienten con la cabeza. En la prístina soledad del comedor Claudio levanta una copa y brinda en la mesa vacía.

Rudy se desploma. Está de nuevo en el Mata Hambre de sus pesadillas, sentado como un monigote descosido en el inodoro del apartamento de Arsenio y Mireya. Una niña le cura las heridas; le suministra una papilla con una cucharita. El viento abre de golpe la persiana del baño y una luz roja los ilumina a ambos. La niña se transfigura. Sus rasgos se atiesan como los de una máscara tallada. Su glabela es protuberante, semejante a la de un sátiro; su mandíbula, anchísima, mastica torpe el lenguaje con el que viene a ofrecerle un pacto. Salvará la vida y tendrá talento, mujeres y mil aventuras; su nombre se recordará. A cambio será caballo del viento, de la música, de un demonio que ya era viejo en tiempos de Nínive. «¿Y mi alma?», le pregunta Rudy a la posesa. «Tu alma será liberada de este infierno, el único que debe importarte.» Mireya echa la sábana mal lavada a la basura, tira la ponchera de agua sucia por el inodoro. Piensa en Rudy y en el demonio que ella le mudó adentro; piensa en todos los pactos celebrados a través de ella y se siente como un calcetín usado. «¿Qué he sacado de tanto trajín? Tres cheles para ir al salón, para trapos, para arroz con mierda.» Se mete bajo la ducha y, dejándose caer el agua fría encima, se daña el pelo, recién teñido y secado. La predicadora se ha ido del parqueo del edificio, pero los muros retumban con su densidad bíblica. Se refresca el vientre, que le duele todo el tiempo, y piensa en otras formas de ganarse la vida menos peligrosas para su salud, en la vida que llevará cuando sea relevada de sus funciones. Sayuri, extasiada, se pasea por el palacio del tañedor de laúd. Lleva un vestido de seda negra cuya cola sostienen nueve pajes vestidos de pana escarlata. La conducen a una mesa, la mesa de mármol, donde deberá acostarse para tragarse esas frutas, beber esa miel, escuchar esa música. Lleva en la cabeza una corona de buganvilias blancas que le hieren un poco las sienes con unas espinas que han comenzado a producir hilillos de sangre que le bajan finísimos por el cuello dibujando una roja filigrana sobre su busto. El derramamiento la ha mareado y la recuestan en la mesa para que descanse. Es allí donde el tañedor va a encontrarla, a convertirla en su esposa, pero quien se asoma al mármol coronado de flores es una figura cornuda, de peludas patas de cabra y cejas enjutas y protuberantes. Un puño que cae como una mandarria en el centro de su vientre la trae de vuelta a la camita twin, al deslucido calor que la envuelve mientras sueña despierta en Los Girasoles. Desgarrada por el dolor, se recoge en posición fetal viendo contra la ventana la silueta de su madre, que tiembla de rabia con el puño todavía cerrado. Guinea le sonríe al tipo del espejo, un chamaco con un solo ojo y una mueca de labios apretados. Aspira el aire caliente que entra por la puerta del almacén que es su casa y se mete unas aspirinas sin agua que le raspan, amargas, la garganta. Claudio corta la carne en trocitos cada vez más pequeños; intenta tragarla, pero no puede. Junto al plato hay una colección de bolitas de carne masticada. Huelen a saliva. Le dan náuseas. Revuelve las papas con el tenedor y, al levantar la mirada del plato, se topa con la de los comensales que ocupan el resto de las sillas, seres de cuero gris perla y pequeñas cabezas, con una enorme tutuma supurante, seres que sostienen sus cubiertos y sonríen con encías podridas de flojos dientes amarillos.

La involuntaria ruta de Asmodeo trazaba siempre la misma forma: una estrella de cinco puntas. Algo zumbaba al fondo de sus desplazamientos. Era una voz de mujer balbuceando en el mismo centro del trazo; la fuerza que lo arrojaba de aquí para allá.

Hicieron el camino de Arroyo Hondo a la Zona en silencio, pero la intensidad de lo vivido, de los insultos, de los golpes, había abierto nuevos vasos conductores entre ellos y se hablaban sin necesidad de palabras. La ciudad que entraba por la ventana del carro público era otra; los peatones y los buhoneros se movían amenazantes, sudados albergues de secretas intenciones. Con ojos entrelazados, Guinea y Lili la Turbia juraron vengarse.

Al llegar al almacén de Guinea, Lili la Turbia arrancó una penca de sábila de una jardinera del patio y le sacó la gelatina para ponérsela a su amigo en el ojo malo. Él se quedó acostado un rato con el remedio puesto, pero la rabia no le permitía descanso y al levantarse encontró a la Turbia, de pie en el centro del pentagrama del patio, con cinco velas de a peseta encendidas. El pentáculo llevaba un año dibujado en el centro del patio, pero Guinea no le prestaba atención. Eran vainas de la Turbia, a quien, como a Sayuri, también le guardaba libros. Le había conseguido tres tomos de la *Enciclopedia Teosófica,* de madame Blavatsky, que su tío había desechado porque estaba incompleta; una copia quebradiza de la novela *Moonchild*, de Crowley, además de un cuadrito enmarcado de la diosa Kali, con su cinturón de brazos cortados y sosteniendo una cimitarra en una mano y una cabeza degollada en la otra. Guinea no creía en esas cosas: creía en su rabia. En patadas y puños. En la forma virtuosa de la violencia que para él era la guerra. Acumulaba para sí libros sobre el tema, especialmente de la Segunda Guerra Mundial, de los nazis, de Hitler. En la soledad de su almacén pasaba horas escuchando a Slayer y a Cannibal Corpse, viendo las fotos de un tomo sobre la Schutzstaffel, deseando para sí la macabra elegancia de esos trajes, de esas botas, de esas insignias. Embriagándose con el morbo de la dimensión de esos crímenes en una especie de gimnasio del mal en el que nunca sacaría músculo porque luego, al ver las fotos de los macilentos prisioneros empujando carretillas llenas de cadáveres en los campos de concentración, se le arrugaba el corazón y maldecía a Alemania y al género humano.

La Turbia apagó cada una de las velas caminando por encima del círculo que encerraba la estrella. A Guinea le dio gracia verla hacer estas cosas: parecía una niña jugando sobre un trúcamelo. Quizá, después de todo, su amiga sí se merecía que él le contara dónde estaba el almacén de los tesoros de su tío

Senaldo y, al imaginarse saqueándolo con ella como los nazis habían expoliado a Europa, el ojo le dolió menos. Sacó un mapa de la Zona Colonial de entre un montón de materiales turísticos, lo abrió sobre la colchoneta y con un cabito de lápiz marcó el lugar donde se hallaba el botín; Lili la Turbia rio mostrando sus dientes de conejo. El almacén estaba en el tercer piso de un edificio en la calle Espaillat. Senaldo lo había elegido porque era difícil subir las cosas hasta allí y también lo sería para los ladrones que quisieran bajarlas. A Guinea solo lo había llevado una vez, años atrás, porque venía un ciclón y necesitaba sellar las ventanas con plywood. Guinea recordaba más que nada la exorbitante cantidad de objetos de plata que había tirados en completo desorden: candelabros, bandejas y cientos de cubiertos en destempladas maletitas de madera con interior de terciopelo. Había también ídolos taínos, álbumes de monedas antiguas, mosquetas y trajes militares de la época de la Restauración que el calor del almacén comenzaba a resquebrajar como galletas de soda. Lili la Turbia se frotaba las manos al oír la enumeración de los bienes y elaboraba un plan en voz alta en el que ella y Guinea, tras vender lo robado, saldrían hacia Cuba, el único sitio para el que podrían conseguir visa sin inconvenientes. A Guinea no le llamaba la atención Cuba, prefería Colombia, donde algún día podría ver en vivo a alguna banda de metal famosa. Solo quedaba por discutir cómo se harían con el llavero de su tío

Senaldo, que siempre estaba mosca, pendiente a to, con ojos en la espalda y que, aunque lo dejaba vivir gratis en el almacén de libros, estaba enojado con Guinea por haberse ido a trabajar al supermercado.

La ceremonia de la bruja aficionada había llegado a
su fin y, con ella, los violentos traslados, los aglo-
meramientos, la montaña rusa en forma de pentagrama. Asmodeo se aferraba a los huesos de Rudy
como polvo de tiza que quiere volver a ser barra.
Desorientado y molido, chupaba la escueta vitalidad de su caballo, que yacía en una habitación de la
clínica Gómez Patiño y miraba el techo, seco como
un arenque en una batita de rombos después de tres
días sin consumir. Niurka leía el periódico de la tarde en un sofá junto a la cama y, a su lado, como una
niña castigada, estaba Rocío, el arcángel. Alargando
las notas y desafinando, silbaba las melodías que Asmodeo había cantado en el cielo. Quería molestarlo. Luego se levantó y acercó sus nacarados labios
al oído de Rudy y le susurró: «Me dicen que estás
recuperando tus habilidades, tus diez ojos, tus seis
alas. Vamos, que estás en todas partes». No supo si
el chistecito era para él o para Rudy, pues Rocío los
odiaba a ambos tanto como Asmodeo odiaba el maquillaje egipcio, los pelos batidos de baladista con

que el arcángel insistía en presentarse. Rocío añadió: «Mi embrión vieron tus ojos y en tu libro estaban escritas todas aquellas cosas que fueron luego formadas».

El salmo en boca del ángel alimentó con rabia la apocada constitución de Asmodeo, le dio fuerzas. Claro que jugaba a ignorar la omnipresencia del altísimo, a pretender que era dueño y señor de sus acciones. Era la única forma de no sucumbir al aburrimiento eterno, de hacerse el loco; era su forma de resistencia. Formó bajito palabras de Job: «Desnudo está el Seol ante Él, y el Abadón no tiene cobertura». Si el señor era omnipresente también lo era su indiferencia.

Rocío iba a seguir con la cantaleta, pero Niurka dio un brinco al encontrar en el segmento cultural del tabloide vespertino un artículo sobre la hospitalización de Rudy. Se lo pasó al enfermo y le arregló las almohadas para que pudiese leerlo. Era una notita de un cuarto de página con una foto suya del 73. En la foto llevaba afro, una tupida barba y una kurta anaranjada. Tenía en las manos a Anacaona, su guitarra acústica más vieja, y miraba hacia un lugar que no era el lente. Se veía débil y consumido como una flor marchita. Sufría constantes ataques de pánico, náuseas, migrañas que lo dejaban ciego. Rudy odió su ropita de hippie, su pose de Rimbaud viralata, la vulnerabilidad que el fotógrafo había captado. La foto divulgaba su identidad secreta, la del Rudy antes de conocer a Manca, su mejor amigo.

Manca le había hecho la foto en su apartamento en el Jaragüita, frente al Malecón. Esa noche Rudy le tocó sus canciones de entonces, inspiradas en Violeta Parra y Silvio Rodríguez, coplas campesinas de un comunismo sin vocación. Escuchaba folk, jazz y a Hendrix, pero odiaba el pop blanco de los Beatles y su retahíla de copiadores, e insistía en temas pastorales, que nada tenían que ver con los desgastantes síntomas que sufría a diario ni con la boca del infierno que los había generado.

Veía clarito al Manca de aquella noche, la camisa de seda negra, por donde sobresalía la pelambre de sátiro de su pecho; los apretados pantalones de gamuza; las botas picudas de cuero rojo; el pelo cortado en capas hasta los hombros, y la mano abierta ofreciéndole dos papeles de ácido que había traído de Nueva York. El apartamento estaba en silencio y Rudy entró en la nota con un desprendimiento de filamentos dorados y rosados; las paredes, como perros, se deshacían de una capa de pelos, soltaban hilos de luz y color, divertidas centellas multicolores que te hacían sentir acompañado. Era una alegre tormenta de destellos eufóricos sobre la que flotaba amenazante el evitado recuerdo de su noche en Mata Hambre. Manca puso entonces el álbum *Paranoid*, de Black Sabbath. Rudy no los conocía. «War Pigs» despejó los espejismos; desprovisto de la capa de colorines, el hormigón armado tenía un mensaje: «Estos materiales son los mismos que los del apartamento de tu torturador. Sus huesos de varillas fueron diseñados para quebrar tu cuello». La voz de Ozzy hablaba de generales, de brujas, de complots. Era una work song afroamericana cantada por un británico blanco de clase trabajadora, una canción contra la guerra, pero hecha de su misma brutalidad, música para ser escuchada en Vietnam, digna de su fábrica de horrores, de las pieles infantiles que el napalm cocinaba en su mar de fuego. Pero la música no era solo una foto con niños masacrados: tenía también la energía de esos muertos, una vitalidad vengativa y medieval por la que te vibraban las tripas, una vitalidad que se asentaba en la base de la columna, entre los cojones y el culo. Esa música quería romperlo todo, empezando por los puños de cemento construidos bajo la orden de tiranos en relevo. Bastaba con cerrar los ojos para que desaparecieran. En esa ceguera sonaron los acordes de «Paranoid» y el verso se desenhebró hasta convertirse en un dialecto en el que una voz que no era la de Ozzy hablaba del presente, de los cadáveres de los estudiantes que Rudy había visto flotar en el río Ozama, de la mueca con que la clase media evitaba los sangrientos titulares, insolados en el brillo de sus Nedocas y sus box springs mientras, en el desierto de arroz molido y de escuelas sin maestros, los encomenderos instauraban la embrujada noche de la ignorancia.

Trujillo había muerto para que algo más siniestro se ocupara de la media isla, una tiranía sin nombre escrita en verso por la uña de un gatico de María Ramos. Ido en el machacar del bajo y la guitarra, Rudy compró las frutas que el pregón maniático de Ozzy le vendía mientras Manca regresaba la aguja al principio de la canción una y otra vez hasta sacar el sol por el horizonte.

La foto del artículo era un espejo en el que ver la bagatela de su presente y la insignificancia de su vida antes de Manca. Manca, punta de lanza. Manca, el original en quien Rudy había basado su patético simulacro.

Maldijo entre dientes y tiró el periódico al piso. Niurka cogió el bulto que había traído para acompañarlo en la clínica y, tras decirle «Maldito malagradecío, ve a ver quién pasa la noche contigo», salió con Rocío detrás dando un portazo. En la soledad de la habitación sobresalía el ruido del aire acondicionado, un aparato de cuando Trujillo en cuyas vetustas formas Rudy volvía a ver a su padre, allá en Santiago, sentado en el sillón reclinable desde donde dictaba ordenanzas. Tenía entonces la edad de Rudy y ya era un anciano de cabeza blanca y bastón. Su padre había nacido viejo, natimuerto. Su único orgullo era el trabajo de oficinista que había hecho brevemente para el Jefe, de cuyo dudoso prestigio se vanagloriaba aunque todo el barrio sabía que era su esposa quien mantenía la casa haciendo bizcochos de cumpleaños. Con esos bizcochos mandó a Rudy a la capital a estudiar en la Universidad Autónoma y su padre, al enterarse de que se matricularía en Antropología y no en Derecho, a modo de despedida le profetizó: «Eres un mierda y siempre serás un mierda».

Alguien tocó la puerta y Rudy pensó que eran vainas de muerto, su padre viniendo a buscarlo, a constatar, burlón, la efectividad de su oráculo. Pero no era esa derrengada negatividad la que lo visitaba: era una forma más noble del pasado, un tropel de viejos amigos enterados de su internamiento y para los que, de pronto, toda injuria y toda traición quedaban perdonadas.

Coreógrafas, comediantes, merengueros, dueños de bares y discotecas, una escultora nonagenaria, un luchador y una pareja de antropólogos boricuas le llenaron la habitación dc claveles, chocolates y peluches. Lo llamaron *maestro* y él se dejó, jactándose de llevar años enfrascado en la escritura de su obra cumbre, una ópera metal cuya producción negociaba con productores noruegos. Afuera, contenidos por un primo lejano al que Rudy no recordaba, había metálicos con guitarras cantando sus canciones y jevitas grunge con flores y cartulinas deseando su pronta recuperación. El humo de los cigarrillos llenó los verdes pasillos de la clínica y, aunque la administración hacía esfuerzos por sacar a la gente afuera, eran horas de visita. Al final de la noche se organizó en la acera de enfrente del hospital una vigilia y, desde su cama y con un nudo en la garganta, Rudy escuchó los versos de «Tu calié» en un coro que subía al segundo piso y traspasaba la ventana cerrada.

Cuando todos se fueron la habitación parecía la de una recién parida. Al pie de la cama, sobre la mesa de ruedas que usaba para comer, había un arreglo de globos con un enorme Tribilín. Mireya, la niña de Arsenio, tenía uno pequeño y sucio en el sofá de la sala, probablemente su único juguete y lo último que Rudy vio antes de escapar del apartamento. El Tribilín le dio náuseas, trajo a la superficie entramados recuerdos, ficciones de traumatizado, alucinaciones. Le entraron unas ganas terribles de volver a ver a Mireya. Quería interrogarla, conocerla, ver si se parecía en algo al personaje que basaba en ella. Ver si era verdad lo que recordaba. Apagó la luz de la lamparita junto a la cama y los colores del Tribilín resaltaron contra el marrón del closet. Volvió a la mañana en que salió vivo del baño de la casa de Arsenio. Al maltratado Tribilín de Mireya. A la tristeza infinita que despedía aquel muñeco, el juguete de la niña de manitas huesudas que una mañana de abril desamarró sus manos y a quien debió haberse llevado con él. Le debía la vida y no encontraba una forma menos frívola de agradecérselo que escribir estúpidas canciones, componer décimas, construir personajes. Su padre tenía razón, era un mierda. Un mierda culto, talentoso, por quien tañían sus guitarras los jóvenes que heredarían de su maestro sus labores extractivistas.

«Soy un ladrón, un abusador y un cobarde», se dijo, y descansó resignado en la mano larga de los pronósticos, incluyendo los de Niurka, que también se habían cumplido, porque, a pesar del jangueo previo y de la vigilia, iba a pasar la noche solo.

Mareado y débil por los medicamentos, caminó tambaleándose hasta la ventana y la abrió para ver a sus seguidores. Quedaban poquitos, sentados en la cuneta fumándose un joint entre cinco. En el grupo había una muchacha vestida de negro, de ademanes distantes y con la melena rizada que lo miró directamente a los ojos como se mira a un gallo de pelea antes de tirarlo al ruedo. «Te llamarás Sayuri», le dijo a la chica en su mente; se la daría a la Mireya de su obra como heredera. Enseguida calcó los detalles de la ropa, los gestos, especuló sobre los orígenes de la muchacha. Los demás reconocieron a su ídolo en la sombra apostada en la ventana e irrumpieron en aplausos, chiflidos y vivas. Apostaban a él y a sus artes oscuras.

Asmodeo desesperaba. Las fuerzas que su caballo recobraba con los halagos y las ofrendas se volvían agua en las temblorosas manos de su remordimiento.

Asmodeo no le temía a la muerte, vedada a todos los ángeles. Le temía a la disolución de su identidad, a verse convertido a golpe de hechizos, hambre y traslados en un espíritu elemental, una molécula del viento, sin nombre, sin poderes, sin un cuerpo humano que llamar suyo. Poco había ayudado a Rudy en la escritura de su obra y sus demás trabajos no daban fruto. Mireya esperaba enferma a que él la salvara; Sayuri, en babia, fantaseaba en casa del culo: Guinea era el soldado pelapapas de una bruja ignorante y sus esperanzas de conseguir el cuerpo de Claudio se alejaban por la avenida Independencia como los fans de Rudy de la vigilia. Fracasado y sin opciones, debía quedarse quieto en Rudy, tomarse la sopita de pollo, comerse la gelatina de limón, absorber el suero, controlar la sensación de estarse perdiendo algo, de que las cosas interesantes ocurrían en otro lugar, la maldita propensión por la que lo expulsaron del cielo.

Alguien moría en la habitación de al lado y los gritos desinhibidos de sus dolientes llenaron el segundo piso. Rudy se sentó en la cama a escucharlos y luego caminó con el suero a rastras hasta el pasillo para acercarse a la puerta contigua y ver a dos mujeres desfiguradas junto a la cama de una anciana con la barriga inflada. Asmodeo alcanzó a ver la escena y también al demonio que acompañaba a las mujeres en sus alaridos. Era Icosiel, el pestilente, que había perdido definitivamente a su yegua, destituido e indigente en este valle de lágrimas. Lloraba de pie sobre el espaldar de la cama, del tamaño de un mono araña. Era un esqueleto con piel y con una barba rala de chiva que le colgaba hasta la barriga. Asmodeo lo había visto hacía días donde Mireya y por animarlo le preguntó si esta le había conseguido algo, y el diablete, encolerizado con el retiro de la bruja, regó un bajo a huevo podrido que obligó a las vivas a salir de la habitación enjugándose las lágrimas.

Asmodeo invitó a Icosiel a recomponerse en su caballo y los tres regresaron a la cama arrastrando el suero. «Algo se nos ocurrirá», le decía para tranquilizar al viejo demonio, haciendo a la vez, para darle envidia, pequeños alardes sobre Rudy, su fama, su porte y su futuro. «El futuro –rimó el viejo–, un mojoncito bien duro.» Asmodeo rio sin ganas, odiaba los chistes de Icosiel, y le preguntó para cambiarle el tema, y porque era un demonio antiquísimo, si creía en Azazel.

Icosiel, diablo de aire, formó una pequeña o con los labios de Rudy y, empujándose por ella, silbó una graciosa tonada. El enfermo la creyó suya y repitió esa melodía medieval, para memorizarla, una y otra vez. Y con este fondo musical y arrellanado sobre un pliegue intestinal, procedió a contestar la pregunta.

Me preguntas si hay verdades
en el mito de Azazel

e intentaré responder
tus capciosas ansiedades
pero, cuidado, en mitades
puede la cuestión romper
tu convaleciente haber
pues es tema revoltillo
que un servidor, tu zorrillo,
intenta desrevolver.

Lo primero es revisar
lo que carga la palabra
que igualita que la cabra
enviada, pobre, a errar
lleva encima un muladar
que le tocó en lotería
porque a unas la porquería
y a otras la ligereza
de luz, de paz, de belleza
de quietud y de armonía.

Contiene Azazel, el nombre,
treinta y tres significados
por los hombres otorgados
cuando ellos ponían los nombres
el de más grande renombre
para nos propiciatorio
es el de chivo expiatorio
que al desierto era expulsado
porque en su errar los pecados
borraba transmigratorio.

Se entiende de este ejercicio
que el deambular es sagrado
que es sagrado el rechazado
quien traspasa el santo quicio
vagando trae beneficio
y su ensuciarse libera
su obra es ser el de afuera
para que puedan adentro
orgullosos de su centro
los puros ser la salmuera.

Pero es también Azazel
el lugar donde ese chivo
es trashumante cautivo
del desierto en Israel
muchos acuden a él
buscando tocar la nada
para otrarse la mirada
y el vacío poder ver
Azazel sería el poder
que de piedra saca espada.

Pero tú me has preguntado
si yo creo en Azazel
como creo en Icosiel
el nombre con que he penado
y con el que se han firmado
millón y medio de pactos
aparatos inexactos

hechos de aire y de letras
que no están como está Petra
al alcance de los tactos.

¿En qué cree un ángel caído?
Sería mejor la pregunta
que la espada tiene punta
y el corazón su latido
que el que confecciona un traje
pone en él un cometido
y quien con él va vestido
hace al plan un sabotaje
es enredo convenido
e intrigante paralaje.

Date cuenta de que existes
entre dudosos renglones
por el día hecho jirones
de noche volátil quiste
el entretenido chiste
con que se lucra un perverso
en limitado universo
donde también es posible
por ser prisión convertible
misericordia haga un verso.

¿Que existe para el inmundo
un regreso a las alturas?
¿Que hay para el hoyo una cura?
¿Un mesías vagabundo?

¿Que Azazel cual Segismundo
logrará reparación?
¿Que en su amor nuestra nación
recuperará sus galas?
¿Tus diez ojos, tus seis alas
lucirás en redención?

Tus delirios, Asmodeo,
te lograron este estado
tu caballo has malogrado
desmejorado te veo
en inútil fantaseo
a lo oscuro y sin linterna
la tuviste y por guacherna
renunciaste a su presencia,
y mutó en inconsistencia
esa irradiación eterna.

La disertación de Icosiel dejó a Asmodeo triste y desmotivado, y a Rudy, retorciéndose con un cólico. Debía echar fuera a su invitado sin ofenderlo e, interno en la memoria de su caballo, consiguió un remedio. «Me estoy convirtiendo en mi abuela», pensó Rudy al recordar a la vieja dándose golpecitos en el bajo vientre para aliviarse y luciendo una bata de casa que no se quitaba nunca, demasiado parecida a la batita que tenía puesta. Después de cumplir los setenta se tiraba peos frente a la gente, una libertad que se había ganado pujando a nueve muchachos. A Rudy le tenían prohibido reírse o decir algo: debía escuchar y oler la siniestra venganza de su abuela en silencio, una forma de reverencia que esperaba no requerir nunca. Primero se dio un par de golpes en la panza con la mano ahuecada, como se hace en la espalda de los bebés, y luego un poco más fuertes, tocando para entretenerse algunos ritmos autóctonos con ambas manos. El gas se movió como una bola de billar por sus entrañas y, tras un retortijón salvaje, salió con un largo aullido.

Librado de la desagradable compañía de Icosiel, Asmodeo agradeció la sabiduría de la difunta. Para desvelo de su nieto, la vieja también tenía un remedio. Sus últimos años dormía tres horas y pasaba el resto de la noche en una mecedora, a oscuras, mirando un lugar inubicable al fondo de la sala. «¿Qué haces abuela?», le preguntó Rudy una madrugada. «Recordar –le dijo ella– a mis padres, mis vecinos, mis hermanos; voy al patio de San Carlos a jugar con los muertos.» «Rudy le había heredado esa ciencia –pensaba Asmodeo–, el arte de mover fantasmas en la mente.» Pero su abuela solo jugaba con las sombras del pasado, con lugares y gente que habían existido. Rudy había ampliado el juego inventando escenarios, fantasmas del futuro, extrayendo copias traslúcidas a los vivos, cantándole al mundo sus entretenimientos. Se libraba por fin del corsé de la canción para dar forma a un universo más ambicioso.

«¿Claudio es el héroe trágico?», se preguntó Rudy, y el Claudio en su cabeza era Manca el día que le regaló la mejor guitarra eléctrica de su colección, una Domino Spartan con la que grabó su primer álbum de rock pesado en el 77. Rudy no solo se había quedado con el estilo y los referentes de Manca: también le había sacado instrumentos, jackets, dinero para sus discos, botas mexicanas de piel de serpiente, viajes todos los fines de semana a Monte Cristi, pasajes a Nueva York y entradas a museos y conciertos, tragos, drogas y comida. Viroteaba los recuerdos para saciar las necesidades de su tragedia. Se vengaba de la superioridad de Manca, de su educación, de la pureza de sus convicciones.

La mezcladora que mantenía la obra con vida comenzaba a girar y Asmodeo, curioso con los prodigios que Rudy había realizado, con la escena de Guinea y Lili la Turbia, con el nombre adivinado de Claudio, auscultaba el tejido neuronal de su caballo, titilante de obsesión, un árbol de navidad con bombillitos que, en vez de prender y apagar, iban y venían. En ese irse estaba la vaina. Las luces idas eran embudos hacia lugares y personas que Asmodeo había visitado, territorios marcados por el demonio como por un perro que orina en las cuatro esquinas. En las luces encendidas estaba en cambio la materia prima de la reminiscencia. Su caballo ya no lo necesitaba a su lado para escribir: lo necesitaba inquieto, vagabundo, infeliz. Estas teorías alimentaron el fuego de la incertidumbre que Icosiel había encendido. Asmodeo se sintió usado e ingenuo como un pobre caballo humano. Aún no tenía fuerzas para alzar el vuelo, no podía ni quería ir a resolverle problemas a nadie, ni siquiera a sí mismo, y en esta ridícula huelga se acunó contemplando el centelleante mapa del cerebro de su caballo como un náufrago que lee el firmamento buscando el camino a casa.

JUEVES

La firma de Niurka Luna se secaba en los documentos que daban a Rudy de alta, en la cuenta de la clínica privada y en el ticket del tarjetazo con que la había pagado. Semejante en su forma a una carabela, la ene mayúscula era el castillo de popa, el pico de la ele el palo mayor, el rabo de la última a redondeaba barrigona una proa. La había diseñado de adolescente en la parte de atrás de sus cuadernos escolares, segura de que un día ese esfuerzo caligráfico valdría la pena. Rudy no tenía firma: escribía su nombre y apellido con la cursiva en que se había educado, pero sin ornamentos abstractos ni exageraciones, como antes en la portada de las libretas del colegio, en su guante de beisbol, en los autógrafos que hacía tiempo no le pedían. Observaba a Niurka tomar decisiones como un pez alegre en la burocracia médica mientras las enfermeras lo miraban de reojo hablando de él en tercera persona. No llevaba la pijama ni andaba en silla de ruedas; podían hablar con él, pero Niurka, que brillaba en estos ambientes con una luz solo comparable a la que Rudy había tenido en la tarima, lo disminuía. El hueco que él había dejado sobre esas tablas remachadas no estaba vacío; en la clínica sonaba «Señales de humo», una bachata salsa con tema apache que Juan Luis Guerra había sacado como single de su anunciado álbum de protesta romántica *Areito*. «Ahora Juan Luis dizque hablando de indios», le dijo a Niurka mientras bajaban al parqueo para luego, cuando encendieron la radio en el Chevy y sonó «El costo de la vida», del mismo disco, morirse de la envidia. Elogió el merengue, su jovial anticapitalismo, con un triste entusiasmo fingido que hizo que Niurka le acariciara la nuca por primera vez en muchos años. Rudy rechazó la caricia, como hacía dos días había hecho ella con él en Mata Hambre, quitando la cabeza y virando los ojos como un endemoniado. Niurka frenó de golpe y viró el torso completo para decirle en un susurro de erres exageradas: «Mira hijo e tu mardita mai, cuando yo te toque, tú le das gracias al cielo y me besas los pies. Pídeme perdón». «Perdón», dijo Rudy con una voz quebrada que a Asmodeo le dio asco. Inmediatamente después Niurka le preguntó si quería ir a desayunar al Conde y él asintió con la cabeza, enfocado en los círculos que las gotas de todas las lluvias dejaban en el sucio del parabrisas. «Tal vez deberías lavarlo», se sorprendió susurrando Asmodeo, encontrando placer en imaginar a su caballo frotando la carrocería con una esponja, haciendo cualquier cosa que no fuese obedecer a Niurka. «Estoy seco», dijo con la lengua estropajosa de Rudy mientras parqueaban en la calle Duarte para caminar hasta La Cafetera. Ordenaron agua con hielo, derretidos de queso, cortados y jugos de china, y comieron en la barra, que era la misma desde su inauguración en los años 30. Aquel café con forma de callejón, perfumado por décadas de grano molido, era un agradable transporte al pasado. Las banquetas, los letreros con los precios de las batidas, la porcelana de las tacitas, todo hablaba de los pequeños placeres con que la gente había paleado la represión de otras épocas, las crisis económicas, el aburrimiento.

Rudy reflexionaba sobre la juventud de los que ya estaban muertos, la vitalidad con que habían imantado esos objetos, la madera, el papel y el barro que sobreviviría a la carne. Recordó esa calle, El Conde, peatonal desde hacía pocos años, cuando estaba llena de automóviles y se le hizo extraño que la dureza de esos carros que en su mente todavía la recorrían no atropellara a los caminantes que cruzaban por el frente del café tomados de la mano. Tras terminarse un segundo jugo de china, preguntó «¿Podemos pasar por donde Senaldo? Quiero ver si tiene algo de Manca», y Niurka le dijo que sí deteniéndose en un cajero para sacar cash porque Senaldo no cogía otra cosa.

Al acercarse al puesto vieron a Senaldo despedir a dos policías. Estaba acabado, lleno de canas y con la misma ropa pasada de moda que usaba desde joven.

Al ver a Rudy, intentó sonreír, pero era obvio que le pasaba algo. «Mesié –le dijo–, me dieron un tumbe.» Fingía organizar unos libros de Milan Kundera sobre la mesita con cosas recién llegadas que ponía en la calle, pero solo movía las manos para no echarse a llorar. Asmodeo buscó a Guinea, pero el interior del puesto estaba vacío y se preguntó si Rudy, quien, además de conocer los nombres de Lili la Turbia y Guinea, había escrito sobre ellos, tenía acceso a los planes que habían urdido, a las cosas que hacían fuera de la obra. Rudy no estaba en eso, tampoco en gestos de empatía con Senaldo; su mente, igual de desordenada que la mesa, buscaba algún rastro de Manca, que solía vender sus libros, sus discos y sus objetos de valor cuando no tenía acceso al dinero de su familia. Mientras Niurka le daba terapia al librero, Rudy entró al puesto como Pedro por su casa. Sobre un escritorio había un plato de arroz con aguacate a medio comer que esparcía su olor como un mojón en un altar. Los libros estaban apiñados en oxidados tramos industriales sin orden aparente, un caos de títulos en el que Rudy encontraba significados. *Tristes trópicos, El mono gramático, Cumbres borrascosas*. De la punta de un tramo sacó una edición en pasta blanda de la *Orestíada*, de Esquilo, que abrió nervioso buscando alguna marca de su antiguo dueño. No era de Manca, pero le bastaba porque Manca prefería a Esquilo, con su matricidio y sus erinias infernales, y se burlaba de los vericuetos policiales de Sófocles. Cogió también un CD player usado, con el precio indicado en un pedacito de tape, que había sobre el escritorio y le pidió a Senaldo que lo conectara para probarlo. Adentro estaba el disco nuevo de Silvio, titulado *Silvio*, y, oprimiendo torpe los botones, hizo que sonara «Trova de Edgardo», un homenaje triste y elegante a Poe. Rudy se miró los joggers que Niurka le había llevado a la clínica, los tenis viejos. Era ropa de niño para gente grande. Si se hubiera quedado haciendo trova, habría madurado dignamente y vestiría camisas abotonadas sin complejos de rockstar, sin el pequeño Manca que, sentado en su hombro, valoraba lo heavy que eran las cosas. Regateó agresivamente con Senaldo el precio del aparato, el libro y el disco para que le salieran baratos a Niurka, que era quien los iba a pagar, y, mientras esta abría la cartera, subió el volumen. Era la primera vez que se permitía oír a Silvio desde los 70. Esa voz que recontextualizaba «The Raven» le recordó al Rudy jovencito que cruzaba la isla pidiendo bola, documentando con una grabadora los cantos de los campesinos, imitándolos a la guitarra. Un Rudy que escribía sobre pinos, sobre cayenas y amapolas, sobre los huevos que las serpientes le robaban a los pájaros. En ese recuperar algo, algo también lo abandonaba, la rabia infantil y debilitante que cargaba desde la clínica, la pesadez de los medicamentos, una tristeza más vieja que el carajo.

La casa estaba densa como un pantano, y Sayuri, en su habitación, arropada de pies a cabeza con los audífonos puestos. El puñetazo de su madre le había bajado la menstruación y pasaba dolorosos coágulos, triste, rabiosa y alegre al mismo tiempo. Asmodeo se posó sobre la muchacha y sintió su tibio malestar, el violento desprendimiento que hacía profetizar a las sibilas, y, embebido y renovado en ese almíbar, sintió que la luna por fin salía para él. Había llegado a Los Girasoles a cumplirle la promesa a Mireya: Sayuri pasaría tres días con el cuchillo, pero también huyendo de la voz de gata de Silvio, de sus empalagosos arpegios y epítetos, una combinación que le resultaba tan molesta como la esquilmación eterna.

Escuchando a My Dying Bride, Sayuri manoseaba las notas, las perseguía apreciando sus contornos, sus juguetonas interacciones, la luz que esculpían en el interior de sus párpados; se dejaba acariciar, se iba, como hacía su cuerpo, hacia un viscoso límite. Allí ocurrían prodigios: se veía volar sobre una antigua ciudad amurallada de callejuelas y casas de adobe, rodeada por un mar color esmeralda de donde sobresalían unas rocas que reflejaban el sol como la plata. Asmodeo se llenó con el olor del Mediterráneo, un olor a sangre limpia, el olor de sus primeros días en la tierra, cuando, prendido en su primer caballo, usó piernas, las hundió en arena, en agua, se las quemó al sol. Quiso recoger caracoles, tejer para Sayuri una guirnalda de algas, soplar para ella, virtuoso, una flauta de hueso. Extasiado y nostálgico, reconoció: «Esta es bruja de antes, esta es fruta madura».

A pesar de sus talentos, debía prepararla. En dos días su puerta se abriría y por ella entrarían fantasmas hambrientos, almas del purgatorio, demonios burócratas y entidades antediluvianas. La entrenaría acercándola poco a poco a los protocolos de esa aglomeración. Delicado, susurró, y Sayuri recordó las palabras de Mireya, «Mantenlo cerca», y se levantó a coger el cuchillo de la cómoda para traérselo a la cama. Volvió a ver al hombre bañado en sangre de pie en una fosa, pero esta vez Asmodeo la acompañaba, le daba fuerzas y Sayuri no soltó el cuchillo. En la fosa vio a otros hombres desnudos recibiendo la sangre de un sacrificio que descendía por una rejilla sobre sus cabezas. Arriba los sacerdotes traqueteaban con la matanza y el animal chillaba, se movía, golpeaba la rejilla de madera con las pezuñas.

«¿Por qué estoy viendo esto?», se preguntó Sayuri. «Porque es mío», se respondió. Amaba esa palabra. *Mío*. Hizo un inventario de sus pertenencias, los trapos que su mamá le compraba. El afiche de Caravaggio. Los audífonos que su tía le había traído de Holanda, donde trabajaba en una vitrina. Una cajita de música rota con prendas de plástico. Su cuerpo. Su sangre. Ese olor a playa que ella misma se olía. Esos ojos que embelesaban a la gente. Ese pelo y esa piel que le envidaban en la escuela. El gusto que le daba esa envidia. Esas ganas de nunca más volver a ver a su madre, con sus pies descalzos en la acera, sus juanetes, sus cuentos de campesina, las tarjetas de cumpleaños que llenaba con torcidas palabras de letras equivocadas, su pelo estirado en un moño, su risa, su forma de respirar, de meterle puñetazos babeándose de la rabia, de mentirle sobre su supuesto padre, un hombre a quien Sayuri le había heredado todo lo que le envidiaban. No podía imaginar para Otilia otro lugar que el que había tenido toda su vida limpiando casas ajenas, bañando a niños que no eran de ella, cocinando para bocas que nunca le darían un beso, y se vio dueña y señora de la casa de Claudio Tritto, dando órdenes en una bata de seda china mientras su madre desempolvaba los biscuises con un plumero negro.

Claudio también era suyo. Suyo de ella. Suyo hasta la muerte. Soltó el cuchillo y juntó unos pesos para llamarlo, juntando asimismo las excusas con que justificaría la llamada. No podía lucir interesada en él, lo llamaba para hacerle una pregunta; debía parecer despreocupada, fría. De lo otro se encargaría su belleza, la forma en que se lo había singado.

Salió a la calle, que hervía en motoristas y voladoras, y, al pasar por debajo del balcón de las Gallardo, le llovieron sobre el pelo bagazos de caña masticada, servilletas sucias y gritos de «¡fruta fina!», como le decían, porque su madre no la había dejado jugar con las niñas del barrio. Al llegar al colmado, con una vocecita le pidió al muchacho que bajara la bachata e introdujo las monedas en el teléfono de plástico rojo. Lo cogió Claudio con voz de estar todavía en la cama y le dijo «Hola, mujer hermosa», y ella, sin devolverle el halago, le preguntó por un profesor de bajo. Luego de un largo silencio, Claudio le dio el teléfono «de un pana punk que enseña bien», y Sayuri, nerviosa, le trancó.

Regresó por donde había venido, con las manos vacías excepto por el papelito con el número del pana punk, y la mayor de las Gallardo, que estaba sentada en la barandilla de su balcón, la escupió y el gargajo le cayó verde y asqueroso en el hombro. Sayuri se detuvo, ardía en dolor menstrual y rabia, y, mirando a la Gallardo a los ojos, la maldijo con palabras que no sabía que conocía.

Se metió a su casa, se quitó la camiseta y la lavó en el lavamanos porque era la única camiseta metal que tenía, una camiseta negra con el Eddie helado de *Seventh Son of a Seventh Son* que había conseguido en el puesto del colombiano en las pulgas de La Feria. Cuando lo compró todavía olía al grajo de su anterior dueño y esa noche se llenó las manos de comida podrida sacando la camiseta de la basura, donde su mamá la había echado. Se sintió ridícula rescatando semejante trapo de la inopia por segunda vez. Enjuagó el t-shirt y, al exprimirlo, era el cuello de la mayor de las Gallardo el que retorcía. La furia liberada le alivió los calambres; cogió el cuchillo y, metiéndose de nuevo en la cama, se relajó como solo la ausencia de su madre, que estaba en el trabajo, le permitía.

«Tocar bajo»: Asmodeo había puesto esas palabras en su boca. Aunque Sayuri nunca había pensado en aprender a tocarlo, era el sonido que más le atraía, el grosor en el que se apoyaba todo lo demás, una frecuencia en la que ella vibraba, y pudo verse en ajustadas pieles con infinitas púas tocando un bajo negro como la Flying V que Guinea había querido tumbarse. Afuera sonó la bocina de un carro y luego su nombre gritado. Era Claudio, que había venido a buscarla en una jeepeta. Llevaba el pelo recogido en una media cola y lentes de sol cromados, y, al verla asomada subió la música; tenía puesto *Blood Fire Death* de Bathory y le sonrió haciéndole los cuernitos con la mano. Sayuri se puso la camiseta de Iron Maiden, todavía mojada, metió el cuchillo en el bolso y se subió con el corazón en la boca. Tan pronto la tuvo al lado, Claudio le cogió la mano y le acarició con el pulgar el interior de la palma.

Asmodeo presenciaba estas cosas relamiéndose como una vieja alcahueta y todavía más cuando Claudio rompió el silencio para pedirle a Sayuri: «Llévame donde tu bruja». En la casa de Mireya, con Sayuri y los abultados contenidos del cuchillo, podría concretarse el pacto que tanto anhelaba. Los astros se alineaban a favor del demonio y de su próxima salida de Mata Hambre encima de un potro napolitano.

Bajaban por la Winston Churchill besándose en cada semáforo, excitados por la aventura mágica y escuchando «A Fine Day to Die» por tercera vez. Al llegar a la avenida Independencia, un hombre descalzo y vestido con un pantalón en tiras que hacía una promesa a algún santo les cruzo por el frente. Llevaba una piedra del tamaño de una auyama sobre la nuca. Sus hombros, su cuello y la parte trasera de su cabeza formaban una meseta hecha de callos; su cuerpo mutaba obediente para sostener ese peso. La presencia del peregrino coaguló el tiempo y deformó la música hasta que un bocinazo los devolvió a la realidad y, ya al otro lado de la acera, el hombre levantó los ojos para mirarlos.

Mireya no los esperaba; la casa olía a locrio de salchicha y a plátanos maduros fritos. La bruja parecía estar sorda a los saludos que le hacía Asmodeo, a sus susurros, al plan que esperaba urdirían juntos. No quería o no podía sentirlo, escucharlo. Los poderes la abandonaban; su solicitada transferencia ya estaba en curso. Sin esas dotes la mujer le pareció burda, del montón, una solterona sin otro objetivo en la vida que cuidar a un padre viejo y enfermo.

Se sentaron a la mesa, en cuyo centro había una copa de agua limpia y una cruz de Caravaca de bronce con un pequeño pedestal de madera. «¿Qué es lo que quieren saber?», les preguntó Mireya con voz irritada. «Si el infierno existe –le dijo Claudio sin quitarse los lentes de sol–, si los demonios viven en él.»

Sayuri puso los ojos en blanco y algo la sacudió como una toalla después de un día de playa. Los movimientos de su torso tumbaron el agua y la cruz. Mireya se tapó su nerviosa sonrisa con la mano al verla rompersc la camiseta en dos. Los pechos le colgaron húmedos sobre el borde de la mesa. Sacó la lengua como si un preciado líquido se derramara sobre ella y volvió a meterla para producir palabras en una voz que masticaba piedras.

Oculto entre ustedes se encuentra
acechante en oscura labor
el espanto que a mi descendencia
quiere hacerle un terrible favor
quita mano, llegó brigadier
en la fosa le dimos caprino

con el hombre su vino bebimos
y por eso tuvimos poder
ya esa cena, zahorí, la comimos.
Hoyo viene a llenarse contigo.

Cuando la fuerza la abandonó, la cabeza de Sayuri cayó hacia atrás y Claudio fue a socorrerla secándole el sudor frío de la frente, soplándole el cuello. Ella abrió los ojos, en torno a los que de pronto había unas oscuras ojeras; estaba mareada y le colgaba saliva del labio inferior. Mireya se levantó de la mesa bruscamente y, con la cara pálida, recogió el reguero, le amarró la camiseta rota a Sayuri y le dio agua, invitándolos a irse porque tenía cosas que hacer.

Bajaron la escalera en silencio y, ya en el carro, Claudio le preguntó a Sayuri si recordaba algo. Ella le dijo que como se recuerdan los sueños, por pedazos, con luces borrosas y trozos esparcidos de otros lugares y otras cosas. Que había visto una ceremonia en una fosa y que no era la primera vez. Abrieron las ventanas de la jeepeta para que entrara el fresco porque el aire acondicionado no enfriaba. Ninguna música era suficientemente pesada para acompañar lo que habían sentido.

Asmodeo hacía y deshacía cábalas sobre lo que el ser había dicho a través de Sayuri. La gruesa melcocha de esa voz lo había desbarrancado, jalado hasta el fondo de aguas inmemoriales. Estaba seguro de que todo era para él. ¿Quién más podía ser el zahorí, el espanto? Él, que acechaba, pendiente a lamber, a josearse un caballito joven teniendo uno bueno. Alguien conocía sus planes, alguien se burlaba de él, alguien acaso más fuerte, con quién sabe qué intenciones. Imaginó una conspiración de leviatanes, de hechiceros embrutecedores de muertos, de brujildas lastimadas por sus desplantes y trampas, de entidades anteriores al jardín del Edén. Era quizá un muerto duro, un fenómeno, una potencia hecha con huesos profanados, un obelisco de tremebundas obras, un devorador de mundos, un mutante, una máquina que lo destrozaría en un mano a mano. Era algo malo, más malo que el diablo, algo que tenía a Mireya sorda y loca, con los rolos sin secar, poniendo cruces por toda la casa. Maldita Mireya y sus bombas de mierda, libre y soberana, y él, con un lío armao, cuidándole menstruaciones a una carajita. Las rodillas que no tenía le temblaban por la mención del hoyo, el sótano de la cadena alimenticia, en donde padecería, unicelular, un dolor nefrítico eterno.

«¿Crees que los demonios sufren o hacen sufrir?», le preguntó Claudio a Sayuri. «¿Para qué quieres saber?», le contestó ella, y él le dijo: «Mi papá decía que sufrían muchísimo». «Creo que sufren y hacen sufrir, como nosotros», le dijo ella rehuyéndole la mirada porque a Claudio la voz le salía rota, y él añadió: «Mi papá sufrió como un demonio y era un hombre bueno».

Algo en las palabras de Claudio despojó a Asmodeo de sus intrigas y lo dotó de una extraña calma que lo convirtió en puro silencio. La sutil emanación lo condujo a revisar sus pensamientos, a mirar, desde las alturas de la tierra en donde se regodeaba en ociosas paranoias, ese hoyo que temía. Un abismo siempre real y visible bajo sus pies, entramado de vileza, de suplicios sin fecha de expiración, en donde su estirpe y los desechos de la raza humana rumiaban una tortura cuya cosecha de alaridos encendía insignificantes chispas en el salvaje magma de la condenación.

Fondeó como le estaba permitido en la orilla del lago de fuego y contempló el doloroso paisaje. Al pie del cascarón de un edificio demolido por alguna acción bélica, una mujer era destrozada por el parto de un cuadrúpedo escamado que, a los pocos segundos de nacer y usando como tenedor su lengua bífida, pinchaba los ojos de un demonio que crecían en sus huesudas cuencas como ramilletes de uvas. Los gritos de la mujer y el demonio se convertían al tocar el aire en piedras de obsidiana que el extremo calor regresaba a su forma líquida para que cayeran al suelo como goterones de una áspera lluvia.

Aunque Asmodeo tenía enfrente estas tristes cosas, podía oír las que ocurrían dentro y fuera de la jeepeta: los bocinazos del tapón de la tarde, los vendedores de semillas, las cantadas direcciones de los guagüeros, los piropos, los insultos, las maldiciones, las suplicaciones de los deambulantes, el sonido redondo de las sirenas de las ambulancias. Esas voces de la tierra se entretejían con las del hoyo en una hormigueante sinfonía en la que iban perdiendo su sentido y por la que se insertó otro hilo, la voz lenta y acongojada de Claudio.

«Todas las tardes, de camino a casa, cuando Modesto me venía a buscar a la escuela, yo iba rezando. El padre nuestro, el avemaría, el gloria, el ángel de la guarda. Rezaba esas y otras cosas inventadas en mis propias palabras de carajito. Una tarde Modesto se paró a comprarme un pica pollo y estuvimos en el parqueo largo tiempo, dizque para que yo comiera, pero yo sabía que la cosa estaba mala y la comida no me pasaba por la garganta. Me tomé el refresco haciendo bolitas de carne que tiraba por la ventana. Modesto se daba cuenta, pero no me decía nada mientras me miraba con la frente arrugada por el retrovisor. Al llegar a la casa, lo encontramos encerrado en su cuarto hablando en voz alta, en inglés, defendiendo a alguien como un abogado, con una voz amigable con la que rogaba igual que yo en el carro. Modesto me dijo "No molestes a tu papi, que está trabajando", aunque él sabía que yo sabía que no era eso, que su supuesto trabajo era hablar con cosas que no podíamos ver. Las frases le salían de golpe y muy rápidas, como que no podía parar de decirlas. Cuando se desesperaba conjugaba en todos sus tiempos el verbo *liberar* y terminaba siempre con un "Heme aquí, juez de jueces, único amigo de la causa de los dromedarios". Mi mamá se quedaba en su oficina del banco hasta tarde y aquella noche, cuando llegó, estaba ojerosa y le ordenó a Modesto que rompiera el llavín y que lo sometiera con la rodilla en el pecho para ella inyectarlo. La inyección lo dejaba como un muñeco de trapo. A mí no me gustaba verlo así, pero por lo menos hacía silencio y la casa parecía una casa normal. Yo no invitaba a nadie y me la pasaba jugando a Castlevania y oyendo a los Pet Shop Boys porque en aquel entonces yo no oía metal. A la mañana siguiente mi papá estaba bien, en la marquesina, aceitando su motor, que era lo que más le gustaba en la vida. Mi mamá me llevó a la escuela hablando de cosas que no tenían que ver con papi, ni con lo que pasaba, con la ventana abierta fumándose un cigarrillo detrás de otro, con su ropa elegante del trabajo, joven y triste, prometiéndome un viaje a Disney sin papi. Cuando Modesto vino a buscarme, tenía otra vez la cara de problemas. Yo no recé ni pensé en nada más que en ese viaje sin papi, lejos de su desesperada voz, que me daba dolor de estómago. Cuando llegamos estaba caminando en la sala de un extremo a otro mirando hacia abajo, como por una cuerda floja, tocándose el párpado derecho con el índice una y otra vez como dándole al botón de una calculadora. "¿Qué te pasa papi?", le pregunté, y él me miró de lado, sin levantar mucho la cabeza. Parece que me vio grande, porque se sentó junto a mí en el sofá acelerando el ritmo del dedo en el párpado y me dijo: "Los dromedarios están sufriendo demasiado y tenemos que ayudarlos". Le vi en la cara el terror que sentía intentando cerrar la puerta a sus visiones y luego me susurró: "Yo soy el mesías de los dromedarios". A partir de esa tarde, se abrió conmigo y esperaba, sentado en la sala, a que yo llegara del colegio para explicarme poco a poco el mundo en el que vivía. Este desahogo le vino bien, porque dejó el griterío y la trancadera. Me hablaba bajito y rápido, y, cuando venía alguien, cambiaba el tema y fingía estar enseñándome ajedrez en un tablero de marfil que había en la mesita de centro y al que nunca le poníamos la mano. "Los dromedarios –me dijo– tienen dos piernas, dos brazos y una tutuma en la nuca del tamaño de una calabaza con una punta de pus, y están condenados a devorar sus propias vísceras en un ciclo de hambre y dolor infinitos." Mi papá los veía clarito, como me ves tú a mí, día y noche en esa maldición, sin poder ayudarlos o parar de verlos moviendo sus prominentes quijadas sucias de entrañas para comunicarle secretos en un lenguaje que intentaba interpretar apoyado en diccionarios de hebreo, griego y latín, y libros de la biblioteca de mi abuelo que había heredado y organizado en el sótano de la casa. Yo sabía lo que significaba *mesías* y le pregunté si para salvarlos tendría que morir. Él sonrió y me dijo: "Eso solo lo sabe mi padre". Yo no sabía si estaba citando la Biblia o si hablaba de mi abuelo, que llegó de Cerdeña en el 22 con un baúl de libros y el traje que tenía puesto, y murió millonario y mejor amigo de Trujillo. Esa noche le ayudé a hacer una trinchera de sillas, cuadros y lámparas, cosas que destruía en su brusco nerviosismo, y allí estuvo agachado tapándose los oídos, recitando bien duro "Volverán las oscuras golondrinas" hasta que vinieron a llevárselo en una camisa de fuerza. Cuando lo sacaban de la casa gritaba: "¡Claudio, llegaron los fariseos!". Esa noche mi mamá y yo nos fuimos al Sheraton a dormir y allí vi mi primer dromedario. Tenía la piel gruesa y arrugada, la cara como un becerro, las piernas con elefantiasis, los brazos esqueléticos; la joroba era un volcán infectado del que brotaba pus amarilla y negra, y, con sus manos, de uñas largas y pintadas de mujer, empujaba el carrito de room service con el que venía a servirnos su intestino grueso, lleno de mierda. Caí con un ataque y al otro día mi mamá me sacó del país. Antes de que muriera me llevaron a despedirme. Al verme, sonrió con los ojos hundidos. Le agarré la mano, que era un puñito de crayolas rotas, y, señalándose el centro del pecho, me dijo: "Esta cabra, para Azazel".»

Al entrar en Los Girasoles, Sayuri lloraba y Asmodeo chorreaba con ella en el eco de las palabras de Claudio por la incesante expiación en los abismos y por la cruel locura de la tierra, componentes de una ciencia divina que había comprendido en su antigua fastuosidad seráfica, pero para cuyos cálculos le faltaban instrumentos. Se inflamó de compasión y rabia, y, tocado con esos laureles, justificó todo lo concerniente a su rebelión, a sus labores, y se dijo: «Soy un demonio bueno, un aliado de los hombres, casi un santo».

Claudio dejó a Sayuri unas cuadras antes de su casa, para que Otilia no la viera llegar en la jeepeta, y le dio un beso en la frente para despedirla. Asmodeo iba escoltándola por la calle, henchido de buenas intenciones y proyectos de justicia y provisión social. Frente al colmado, los vecinos se arremolinaban en torno a algo; se oían gritos, voces desesperadas que pedían ayuda. En el centro del tumulto, tirada en la calle, estaba la mayor de las Gallardo. Una patana la había atropellado y dos hombres la arrastraban para subirla a un carro público. Cuando lo consiguieron, la gente se dispersó y Sayuri fue al colmado y se compró un Constanza que se fumó viendo cómo intentaban encender el carro destartalado una, dos, tres veces, hasta que por fin arrancó y se dirigió con la accidentada al hospital.

El sol comenzó a esconderse tras las viviendas de madera reciclada que se apiñaban al oeste de la calle y Asmodeo, refocilándose en el escupitajo vengado, regresó a su órbita, al repujado elipse que dibujaba en torno a inquietudes que se sustituían fugaces, intercambiables. Las ocurrencias del día eran opacadas por la nueva aparición de la palabra *Azazel* en boca de Claudio, cuya sonoridad hebrea brillaba como la luna que comenzaba a menguar sobre la casa de Sayuri.

Quería saber más. Quería hacerle preguntas a Claudio. Obseso, botó con Sayuri la última bocanada de humo dándole vueltas a la manivela de la curiosidad. «Azazel» susurró, y Sayuri repitió: «Azazel». Era una palabra bonita, un nombre de cuento de hadas, de princesa, de piedra preciosa, de ciudad amurallada con callejuelas pisadas por burros y carretas, de aljibes, de caravanas, de fraguas y mercadillos con enormes tinajas en donde se escondían los ladrones, de compuertas de madera tachonadas por gigantes clavos que solo se abrían con palabras como esa. Calculó los minutos que tardaría Claudio en llegar a Arroyo Hondo. El relojito de goma negra de Sayuri solo tenía tres números: el doce, el tres y el seis. El horario comenzaba a abandonar el seis para entrar en el área sin números. A Sayuri le gustaba pensar que en esas horas sin marca cualquier cosa podía pasar, la idea le hacía cosquillas por dentro. Sacó tres monedas que cayeron ruidosas dentro del teléfono de plástico rojo y marcó el número de Claudio.

Sayuri:

Sorry te llame seguido
tengo preguntas que hacer
no aguanto más sin saber
de algo que me has compartido
tu papá en sus fines dijo
que era cabra de Azazel
¿qué significaba para él?
Esa palabra me suena
de decirla se me llena
de pelos en punta la piel.

Claudio:

En los libros de mi abuelo
es un trato el Azazel
que se firma por poder
se hace en un hoyo en el suelo
lo hizo de jovenzuelo
con Trujillo en la frontera
pa que durase la era
todo el tiempo que duró
y ahí el Jefe lo nombró
su brujo de cabecera.

Hasta el día de su muerte
mi papá siempre creyó
que mi abuelo lo entregó

a cambio de buena suerte
y en su cara casi inerte
dijo: «Mi pai es el diablo»
y al pronunciar el vocablo
la luz del techo fundió
nunca a nadie he dicho yo
estas vainas que te hablo.

Estaba también convencido
de que aquellos dromedarios
en griego rudimentario
lo llamaban el Ungido
que lo habían reconocido
porque entre ellos profetas
que también los hay poetas
tuvieron con él visiones
repartiendo redenciones
como pal cielo boletas.

Yo no sé si sus tormentos
los sufrió por Azazel
si nada tienen que ver
y Azazel es un invento
del triste remordimiento
de un demonio fracasado
o de un hombre atormentado
que para dar un sentido
a todo lo padecido
se dice predestinado.

Yo sí sé de las torturas
que sufren los dromedarios
que dellas hice inventario
con mi padre en su locura
y esa oscura asignatura
me hizo sentir necesario
que existiese otro calvario
y que hubiese un Azazel
te digo que yo, como él,
me tiro de voluntario.

Sayuri le trancó el teléfono. La conversación se le hacía cada vez más ridícula, la voz de Claudio y sus palabras, cada vez más lejanas, loqueras que nada tenían que ver con el sudor que la cubría de pies a cabeza, con sus calambres menstruales, con la descoñetada madera del mostrador del colmado, con la basura que se acumulaba en las aceras, con la pareja de borrachos que le bailaba enfrente de *El bombillo* de la Cocoband.

Un mal humor furibundo la poseyó, encumbrándola en un pedestal de irritabilidad desde el que curiosamente también ponía ambos pies sobre la tierra. La imagen de Guinea sometido en el asfalto de la marquesina de Claudio, los comentarios de este último y las sirvientas, uniformadas y burlonas, ensuciaban su telenovela. Se sintió estúpida y desleal con el amigo que le oía todas sus loqueras, que la acompañaba a su casa en carro público

172

de madrugada, que le había puesto Iron Maiden y Metallica por primera vez.

Su madre estaba sentada en el balcón. Estiraba la silla de plástico con las nalgas y descansaba los juanetes con los pies alzados en una de las rejas. Comía longaniza frita y bajaba Presidentes oyendo «Muera el amor», de Rocío Jurado, en un radito de pilas. Le pasó a Sayuri varios trozos en un papel grasiento. Ella se los comió con gusto lamiéndose todos los dedos y luego se echó media botella de cerveza dentro sin pensar ni una sola vez en los versos rimados que habían salido de su boca, sin recordarlos siquiera. Décimas decimonónicas que habían hecho cuchichear al colmadero y en las que Asmodeo comenzó a percibir una perturbadora tendencia. En las rimas moralizantes en las que insistían demonios, muertos y vivos guardaban un escalofriante parecido con la obra musical del dramaturgo en ciernes Rudy Caraquita. Las facultades de su caballo ya no lo sorprendían, las menciones de Azazel no lo alegraban, la versificación lo estaba volviendo loco.

Detrás de la conversación de Otilia y Sayuri, Asmodeo notó cierta exageración en las erres arrastradas de Rocío Jurado, cierta torpeza en la flamenquización de las notas; las cuerdas se tarareaban infantilmente, el teclado era un resumen silbado, la canción era un recuerdo mal construido. Alguien más cantaba esa canción, estropeándola, una voz andrógina y

perversa que atacaba el coro ahogando la risa, burlándose de quienes escuchaban la radio sin darse
cuenta del truco. Como un sapo que bucea en el
fondo de un estanque oscurecido por las hojas de
los lotos, Asmodeo ascendió por la gelatina de imágenes que lo contenía empujando con lúgubre convicción, persiguiendo la voz impostora hasta alcanzar la superficie.

Yacía boca arriba dando alaridos que multiplicaban el dolor del cuerpo en el que su transgresión lo había alojado, una plasta sin extremidades, de órganos explayados como pescados muertos en la mesa helada de un mercado. Nadie oía los gritos que expulsaba por esa boca sin garganta, de labios estirados en torno a un puñado de dientes dispersos como el maíz para gallinas. Sus esfuerzos por emitir un sonido le estremecían la bola ardiente de un único ojo sin párpado que, desde el reojo que su posición le permitía, le revelaba el valle de tripas en que se había convertido.

En el paisaje, que se extendía hasta donde le alcanzaba la mirada, las colinas de amoratado tejido latían bajo el aparejo de venas y tendones que conectaban, como a postes del tendido eléctrico, unos huesos de arremangado músculo. Un cabo de intestino soltaba grumos semidigeridos que se iban juntando en una laguna al pie de un cráter del que brotaban coágulos de sangre. El espectáculo hería a Asmodeo por los cinco sentidos con una estridencia palpitante que inutilizaba la producción de otra cosa más que gritos.

Fijó el ojo sobre un charquito de pus en donde nacía, igual a una bromelia, una oreja de murciélago. Por ella escuchó otras voces, lamentaciones que su propia gritería opacaba y, estirando el nervio óptico por encima del reguero de vísceras, vio que no estaba solo. A su derecha, la cabeza de Claudio estaba colocada de lado y sin cuerpo: le habían sacado los ojos y por uno de ellos brotaba, como relleno, la cabeza de un Tribilín de trapo; por la boca, que intentaba hacer palabras, surgía un ejército de babosas sin caracol. Junto a él, la piel del rostro de Otilia, sin cráneo ni músculo, yaciendo estirada como una tela en un bastidor, formaba una horrorosa sonrisa; los dientes eran teclas de piano en las que la pata de un ave de corral tocaba una escala. De más allá llegaban incomprensibles quejidos y, con ellos, el sonido de violentas quebraduras, húmedos horrores en los que una fuerza fatal se entretenía, moviéndose sobre el panorama de vísceras, en tapar y destapar la luz con su ir y venir, lo que hacía que la noche y el día se sucedieran en cuestión de segundos. Eran las manos gigantes de un hombre con esos callos en la punta de los dedos que deja un instrumento de cuerda a quienes lo tocan. Encima de esa mano no había cielo, sino el rostro, como un globo aerostático, de su dueño, un Rudy Caraquita con los ojos en blanco, de barba sin afeitar, boca entreabierta y babeante sobre cuyo hombro se asomaba, comandando las sádicas funciones de su títere, excitada, sudorosa y despeinada, Rocío el arcángel.

Crujir de dientes. Sayuri había oído esa expresión
antes. Crujir de dientes. Pero no se acordaba en dónde. Crujir de dientes. Su madre roncaba borracha
en su camita bajo la persiana de aluminio. Crujir de
dientes. Pero ella estaba desvelada. Crujir de dientes. Pensando en las cosas ocurridas durante el día.
Crujir de dientes. Pensando en Claudio. Crujir de
dientes. Pensando en el hombre en la fosa. Crujir de
dientes. En Mireya. Crujir de dientes. En Guinea.
Crujir de dientes. En el cuchillo. Crujir de dientes.
En el hombre con la piedra al hombro. Crujir de
dientes. En las piernas rotas de la mayor de las Gallardo. Crujir de dientes. Eso eran vainas de la Biblia.
Crujir de dientes. Crujir de dientes. Eso era lo que
hacía uno cuando se metía en un río. Crujir de dientes. En Jarabacoa. Crujir de dientes. Con los labios
morados. Crujir de dientes. Castañear los dientes.
Crujir de dientes. Temblar. Crujir de dientes. Como
con una fiebre de cuarenta. Crujir de dientes. Eso
era lo que ella oía. Crujir de dientes. Alguien tenía
frío. Crujir de dientes. O fiebre. Crujir de dientes.

Una fiebre altísima. Crujir de dientes. Dentro de su cabeza. Crujir de dientes. Pero se oía clarísimo. Crujir de dientes. Como los ronquidos de Otilia. Crujir de dientes. O los motores. Crujir de dientes. Que pasaban ruidosos por la calle. Crujir de dientes. Delincuentes. Crujir de dientes. Policías. Crujir de dientes. O ambos. Crujir de dientes. El ruido de los motores en la noche le daba miedo. Crujir de dientes. El ruido era otra cosa. Crujir de dientes. Distinta del motor. Crujir de dientes. Una sombra. Crujir de dientes. Un quejido. Crujir de dientes. Como este que oía tan claro y que intentaba decir algo. Crujir de dientes. Sin poder controlar el castañeo. Crujir de dientes. Quizás tenía miedo. Crujir de dientes. Un miedo de pinga. Crujir de dientes. Como el de ella. Crujir de dientes. Un miedo que nunca le ganaba a la curiosidad. Crujir de dientes. A querer saber. Crujir de dientes. Quién coño tenía ese frikeo. Crujir de dientes. A quién le bailaba la mandíbula. Crujir de dientes. Quién entrechocaba los dientes. Crujir de dientes. Diente con diente. Crujir de dientes. Pero qué dientes. Crujir de dientes. Si los de ella estaban tranquilos. Crujir de dientes. Crujir de dientes. Recién cepillados. Crujir de dientes. La voz formó por fin algo entendible. Crujir de dientes. Una palabra. Crujir de dientes. Usurpación. Crujir de dientes. Usurpadora. Crujir de dientes. Uno quería escuchar esa voz. Crujir de dientes. Una voz que tenía miedo. Crujir de dientes. Una voz que daba miedo. Crujir de dientes. Un miedo de pinga. Crujir de dientes. Se arropó de pies a cabeza con el cuchillo. Crujir de dientes. Lo apretó duro con las dos manos. Crujir de dientes. Crujir de dientes. Y el crujir de dientes se deshizo en un llanto mugido, un llanto sincero, de funeral campesino, que arrugaba el corazón de la noche con la generosidad de su desconsuelo.

«¿Qué es esto que estoy oyendo?», dijo Sayuri en su mente, y la voz, sorprendida, desde su vaguada de jipíos, le preguntó: «¿Me puedes oír?». «Clarito, como la luz del día», le dijo ella, y añadió «¿Por qué lloras?», y Asmodeo, enjugando lágrimas en el consuelo de una interlocutora, intentó explicarle los detalles de su desgracia.

«Yo lo único que quería era un caballito nuevo, pero no sé si esos deseos eran míos; me han impuesto el crimen y el castigo. Una trampa ciega. Brujería de la dura. Un golpe de estado. Hay un intersticio podrido y yo he estado en él, obra y tiempo, carne y hueso, la usurpadora me tumbó del caballo. El tiempo que tardo en decirte esto es hongo negro que crece en los muros de un calabozo del que ni la muerte, que también es un artificio, puede liberarme.»

Sayuri fue a la cocina y abrió la neverita coreana que su mamá había comprado recientemente, se subió la pijama para que el frío le diera en la piel, se sirvió agua, bebió. El sonido de su garganta tragando no le ganaba al reanudado crujir de dientes en su cabeza. Encendió un Constanza y se sentó en el balcón a fumárselo. Iba a ser una noche larga. Se había extralimitado con los jueguitos mentales, con los muertos inventados. Ahora la vaina estaba en automático. Crujir de dientes.

La calle estaba vacía; el colmado, cerrado. Una brisita empujaba cuesta abajo los vasos plásticos acumulados en la cuneta. Era la única forma en que el barrio le parecía bonito. «Perdona, debes de pensar que estoy loco –le dijo el demonio jirimiqueando–, pero es que estamos en problemas. –Y, jalando con ella una bocanada para calmarse, añadió–: Siento mucho que me conocieras en este estado. Empecemos de cero.»

«Mi caballo es un muñeco inflable y ese cigarrillo hace tiempo se hizo humo. Esas casas arrumbadas son frentes que fingen un pueblo fantasma, la idea que de pueblo fantasma tiene un músico autodidacta. La gente que lo puebla, ¿de dónde la recuerdas? Fíjate que son borrosos sus rasgos, extras que aparecerán en una sola línea, en un solo verso. Esta casa cobra su firmeza porque así lo quiere la usurpadora, sanguinaria palomita es; témele a sus planes, a su justicia, a la seriedad con que asume estas labores.»

«Eres un invento», dijo Sayuri en voz alta para tranquilizarse, y Asmodeo le contestó: «Sí, pero no tuyo». «Pruébamelo», le pidió Sayuri, y el demonio le prometió: «Antes de que salga el sol».

Por la entrada de la autopista subía una figura buscando el abrigo de los toldos de metal, trotando sigilosa entre los aleros, evadiendo la luz del único poste de la calle. Era Guinea. Temblaba y los ojos querían salírsele de la cara.

«Sayuri escóndeme, que toy en un lío», le dijo al verla en el balcón.

«Le robó a su tío –le dijo Asmodeo–, no le abras la puerta.»

Guinea, arrodillándose, se agarró de las rejas con las dos manos y lanzó un quejido aguantado: «Por favor manita, déjame entrar». «¿Qué fue lo que hiciste?», le preguntó Sayuri. «Le dimo un tumbe a tío Senaldo. Lili la Turbia trajo la camioneta de la colchonera y la llenamos con las vainas del almacén de la Espaillat. Arrancó sin mí, esa maldita pájara, me cruzó.»

De la autopista subían las luces de una patrulla y Sayuri le dijo: «Trépate al techo. Mami no te soporta; no te puedo dejar entrar». Guinea se encaramó usando las rejas como escalera. Uno de sus

Converse había perdido el tape de la reparación y los dedos le asomaban entre la goma y la tela. Sayuri sintió pena y rabia con él y se fue a acostar, extenuada, arrastrando las chancletas con la certeza de que algo estaba allí con ella, una presencia más intensa aún en el silencio al que regresaron la casa, la calle y su interior.

La casa de Otilia era una isla de cemento en un mar de zinc. La había techado hacía poco con los numeritos premiados de un palé. La luz del poste se reflejaba en los techos metálicos de las demás viviendas y ondulaba veteada en distintos tonos de verde. El barrio empezaba a soltar el sol que había cogido todo el día, a humedecerse, y Guinea se acomodó con la cabeza en un suape viejo y endurecido que encontró en una esquina. Las nubes se arrinconaban hacia el norte regalándole un cielo púrpura cundido de estrellas, bellezas que acentuaban por contraste su amarga desesperación. Demasiado nervioso para dirigir sus pensamientos, una triste caravana de recuerdos le recorría la mente, los eventos de una semana de mierda.

Desde su palco en Los Girasoles todo le pareció mentira, una vaina vieja, repetitiva, como una película de Semana Santa. El drama perdía peso. La guitarra dañada, el ojo reventado, la traición de Lili la Turbia, incluso el abuso, eran escenas endurecidas en la memoria como el suape que tenía de almohada.

En el techo de Otilia no existía nada de eso, solo sus productos emocionales y el ojo amoratado. Se hincó un dedo en él y le dolió un poco; jugó a pensar que se había caído, que le habían metido un codazo en un mosh pit. Fabricó mil razones distintas para ese dolor pensando que quizás una mentira lo suficientemente fuerte podía alterar la realidad. Cambiar el pasado, cambiar su vida, cambiar el abismo que se abría hacia el futuro, el pavoroso amanecer de su continua mala suerte. Si todo conspiraba en su contra, quizás la única forma de rebelarse era no hacer nada, entregarse sin reservas a una desgracia sin solución. Una carcajada le sorprendió en la garganta, en los pulmones, vaciándolo de preocupaciones, refrescando en catarata la noche, la vida, los rayos fantasmagóricos de las constelaciones. Se agarró la barriga y, llorando de la risa, se tapó la boca para no despertar a nadie.

La absurda libertad de Guinea alivió a Asmodeo de los terrores de su visión, pero seguía atortojado frente a la alianza de Rudy y Rocío, frente a la forma en que esas erres se habían fundido, un entramado que sospechaba había comenzado a urdirse la mañana en que Mireya lo llamó para presentarle a Sayuri, la noche en que Niurka regresó a la vida de su caballo.

Guinea canturreó en voz baja:

Vamo a enderezá la balanza
coge la mocha
que Sancho Panza
teje la tripa para jalar
cuello e lo dueño van a colgar.

«La balanza» era una canción de Rudy Caraquita inspirada en la revolución haitiana, un himno metal con matices de western que habían escrito en la frontera. En el coro, festivo y en acordes mayores, estaba prefigurada la balanza con la que a Rocío le gustaba adornar su prepotencia de ángel justiciero. Quizás Rudy le hablaba a Asmodeo a través de las arenas movedizas de su nuevo cautiverio. Quizás Rudy también necesitaba ser liberado, víctima de un arcángel con ínfulas autorales. Una oleada de paternalismo desprendió al demonio de su estéril autocompasión y se vio bamboleando las tetas como *La Libertad guiando al pueblo*, ahíto con la estratagema de una rebelión.

VIERNES

Venían de la jardinera del parqueo, de una ciudad de tierra bajo un coralillo de antes de Trujillo, trazando con sus patas la línea más corta hacia una taza sucia. Habían subido al tercer piso por una arista, atrayendo a soldados de todas partes del muro, que se sumaban a la avanzada hacia una rotura producto del último temblor de tierra. A lo lejos el olor del premio, la melcocha que estiraba las antenas del ejército e impulsaba la marcha por la grieta a través de la cual Asmodeo, desperdigado en la hilera de hormigas, alcanzaba la cocina del apartamento.

Al salir de la cueva descendieron por las losetas y luego bordearon el metal del fregadero hinchando sus abdómenes en los charquitos, calmando una sed vieja que dispersó la hilera unos segundos. Reanudado el orden y admirando de reojo las labores escultóricas de la carcoma, bajaron al piso de granito por la madera hueca de los gabinetes.

Desde la inmensa llanura entre la cocina y la mesa del comedor, Asmodeo logró ver a Rudy manoteando entre papeles, yendo y viniendo de ellos como un contable sepultado en cuentas pendientes. Hacía anotaciones con una preocupada diligencia desprovista de placer, ajenas formas de burócrata en las que Asmodeo reconoció a Rocío.

Ascendieron por la amarga pata de caoba, que vibraba con el *Cuarteto de cuerdas número 8 en do menor*, de Shostakóvich, en cuya estridencia Rocío pretendía trabajar. En el tope de la mesa, cubierta de fotos, recortes de periódicos, cartas, dibujos, libros y libretas, Asmodeo perdió el control de la formación, que se abalanzó excitada hacia el fondo de azúcar en la taza para desparramarse con el botín hacia ningún lado. Algunas perecían víctimas de la gula, hundidas en cristales que, comenzando a endurecerse, decoraban con sus estatuas negras la mina de glucosa.

En el borde de la taza el café había pintado un monte sobre el que caían dos chispitas como estrellas fugaces. Eran bellas formas de fácil interpretación, pero Asmodeo no tenía tiempo para oráculos. La hilera volvía a organizarse con soldados que llegaban de todas partes de la mesa cargando migas, semillitas, mimes muertos, listos para regresar al hormiguero. Tres hormigas codiciosas treparon por el brazo de Rudy tras los restos de dulce en la comisura de sus labios; cifrado en ellas, Asmodeo rodeó el hombro hasta el cuello para llegar a la oreja y se adentró por el boquete, bandido en una finca de la que había sido dueño.

A la casa se llegaba por un camino de tierra roja que el salitre conservaba en estado semisólido. El camino era una cicatriz en forma de ese en medio de una capa de grama quemada; no había ni un solo árbol en varios kilómetros a la redonda. La casa parecía vacía junto al muelle abandonado, una pasarela de hormigón armado que hundía sus pilotes en un banco de corales muertos al pie del cual se abría un abismo responsable de la oscuridad del agua.

Una escalinata de cemento pulido ceñía como una faja la fachada de la casa. La puerta principal y las demás puertas y ventanas, de caoba centenaria, las habían arrancado los ladrones. Como prueba de su pasada presencia quedaba un marco en uno de los huecos rectangulares por donde todas las noches entraban los cangrejos. Excepto por su ubicación, la estructura era similar a las casonas de la capital. Una amplia sala daba, a la izquierda, a un comedor y a una cocina con salida a un patio en el que había tirados varios muebles de hierro pintados de blanco, con las patas oxidadas hacia arriba, como para prevenir el descanso.

Al fondo de la sala un pasillo conducía hacia la habitación principal. Sobre el dintel de la puerta, olvidada, colgaba una cornucopia de cerámica barata de la que brotaban pintoreteadas varias frutas tropicales. El cuarto era enorme, con un agujero de dos metros de ancho sin persianas, el marco perfecto para dos franjas azules, una de cielo sin nubes y otra de un mar azul metálico preñado de tiburones. Ni gaviotas ni pescadores cruzaban por ese paisaje, solo lejanos barcos de carga camino al puerto de Barahona. Niurka gritaba con todas sus fuerzas abrigando la estúpida esperanza de que sus marineros la oyeran, pero terminaba exhausta y llorosa tras la pataleta, convencida de que ya nadie podía ayudarla.

Me enviaba su madre, a quien desde pequeña yo guardaba, una sirvienta que llevaba veinticuatro horas rezándome arrodillada con la frente en el suelo, sin comer ni beber, dando alaridos tan fuertes como los de Niurka. Los gritos de ambas tensaron un puente por el que la encontré, sin manos con que desamarrarla, sin armas que pudiesen herir al hombre que la había secuestrado. Un remolino de alquitrán con rostro humano que hacía sus labores sin gestos de placer o disgusto, sordo y mudo, sin la excusa de un interrogatorio. Era un espía, igual que yo, un sucio recopilador de inteligencia, pero esto no lo hacía para sus jefes: lo hacía porque no podía hacer otra cosa.

Desesperé en esta contemplación, en la inutilidad de mi constitución angélica, en las reglas que seguían los de mi rango en el mundo material. Me recité las razones del dolor, la matemática sagrada que justifica estos infiernos. Pero los gritos de Niurka, sus súplicas, las sacudidas que daba con los pies, que colgaban como los de una muñeca de trapo, redujeron a polvo todos los manuales del cielo y abrieron una fisura abismal hacia su carne, por la que me despeñé, herida de compasión, como chupada por una aspiradora.

Un trueno reventó los cielos y llovió duro sobre la casa, que se abrió en goteras gruesas, como las que lloré, irritada en la estopilla mojada de su vestido, áspero como el brillo de fregar sobre mi cárcel de piel. Mis facultades angélicas habían desaparecido, sustituidas por el asedio del mundo material, una tormenta que me entraba por todas partes helándome las células con el viento frío que entraba por la ventana, inescapable, como el color de hormiga del cielo, como el dolor del absurdo suplicio del que relevaba a Niurka.

Había poseído otros cuerpos antes, intervenciones autorizadas por las alturas. Pero esto era otra cosa. Había caído, presa de un exceso de empatía, y temblaba horrorizada en la salvaje novedad de los sentidos. Con qué claridad recuerdo aquel primer olor a tierra mojada, a mar; el canto de las ranas, la luz de las bombillas, la violencia de mis gritos, el ruido de las herramientas de Arsenio sobre la bandeja, la torpeza infantil con que se entregaba a sus obras.

Al día siguiente, a solas en la casa y mientras Niurka se adormecía extenuada, hice un recuento de todo lo que había experimentado en las pocas horas desde mi caída, impresionada por la profusa cantidad de información, por la apretada agenda sensorial humana, por el tiempo ancho de las emociones, datos que en la frivolidad de mis pasadas posesiones de ángel guardián había reducido a cifras.

Comencé a planificar la huida intentando soltarme las cuerdas, y, cuando volvió a caer la noche y regresó nuestro anfitrión, la boca de Niurka se abrió junto con la mía en profecía y le dijimos: «Bola de mierda, si no sueltas a mi caballo, a tu hija se la comerán los demonios, de adentro para fuera, como se comieron a tu madre de afuera para dentro». Arsenio soltó una risita nerviosa, salió al patio y de allí llegó el olor del humo de su cigarrillo. Cautiva en el segundero humano, cuántas cosas embutí en el tiempo que le tomó fumárselo. Recé por primera vez, dándolo todo, esculpiendo con aliento la enajenada convicción con que realizan sus potencias los santos.

El sol nos salió en la carretera. En el baúl del Impala Niurka iba anestesiada por mi presencia, y yo, toda dolor, queriendo ver señales de nuestra liberación en los hilitos de luz que entraban por las rendijas. Cuando nos rescataron de la esquina en donde Arsenio nos tiró y Niurka regresó a la casa en la que Consuelo, su madre, vivía y trabajaba, esta me sintió adentro de su hija y le fajó la cabeza con un nudo en la frente para echarme fuera. Solo entonces vi delante la degradación de mi cuerpo angélico. La brillante armadura de la que me había enorgullecido, un atributo que convocaba a voluntad, se había transformado en un incrustado patrón de escamas verduzcas. El resto de la piel era el cuero grueso y arrugado de un prepucio, y en la nuca, una joroba supurante del tamaño de una calabaza me torcía la cabeza. Intenté volar, moverme en el tiempo, usar una espada que ya no empuñaba, y comprendí que me había dado de baja de las huestes celestiales para siempre. De mi pasada carrera conservaba, debilitados, tres talentos de los que caracterizaban mis funciones de espía. Podía asumir cualquier forma y disfrazar a otros, inducir pequeños tormentos y hacer pronósticos basados en datos recopilados, esa mezcla de arte y ciencia que los humanos llaman *adivinación*.

Me convertí en la sombra de Niurka o en su luz, habría que preguntarle a ella, que, a pesar de los milagros que le he hecho, no me reconoce y piensa que soy un invento, cuentos que se contaba su madre para sobrevivir. Desde entonces le he sido leal a esta mula malagradecida y terca a quien he sacado de mil aprietos y junto a la que llevo una vida desprendida, como la de su madre, deslucida hasta hace poco, solo en mis deseos de estar presente el día en que el ángel de la muerte conduzca a Arsenio al infierno que le toca. Digo «hasta hace poco» porque otro deseo más fuerte iba a invadirme, el de acabar contigo, Asmodeo, demonio insolente, que te crees la gran mierda por un pasado seráfico de imposible verificación. Tus regalos son sobras podridas; lastre, tu ambivalencia. Tu asistencia es una jaula llena de loros. Ves lo que te conviene e infectas a quienes tocas con tu ceguera medalaganaria. Eres tormenta sin rayo, agua empozá. Midas de la inestabilidad, qué fácil ha sido engañarte. Con mis disfraces y mis fuegos artificiales, con mis citas bíblicas de escuela dominical, con mi lápiz labial y mi rímel. Tus insultos son la fuente de mi seguridad, mi truco hecho milagro. Rocío, qué lindo nombre, Rocío. «Reina de las marismas que las pupilas empaña.» Y quizás, por ella, te tengo en una tela de araña que has tejido tú mismo. Dentro, pero lejos de Rudy, mi niño bonito, con quien comparto un dolor del que tú te aprovechaste para mudártele dentro, para despilfarrar sus luces. Luces con las que en mi compañía se purgará de ti, acabará su obra y yo la mía.

Por la mañana, después de escribir un rato, Rudy le pidió dinero para bajar a comprar cigarrillos. Al oírlo salir por la puerta, se arrepintió de habérselo permitido. Se asomó al balcón y lo vio cruzar la calle rascándose el culo. La vomitadera le había hecho perder un par de libras y sus piernas lampiñas eran lo único que conservaba del artista olímpico de los ochenta, workaholic y eufórico, que hacía rápel en los precipicios de Jarabacoa. Niurka se había quedado a vigilar que siguiera escribiendo, que no llamara al pusher, que el pusher no entrara a la casa, pero también porque quería regresar a Mata Hambre y no se atrevía a ir sola.

Sobre la mesa marchaba una hilera de hormigas cargada con cadáveres de otros insectos y se arremolinaba alrededor de los objetos con que Rudy acompañaba su escritura, entre ellos una foto de Manca en la playa del Morro. Manca miraba a la cámara con una extraña mezcla de burla y preocupación, en Speedo rojo, con la cabeza afeitada y el grueso bigote negro con el que regresó de Nueva York. En un sobre manila encontró otras fotos de las que había hecho ella aquel Viernes Santo del 84 en Monte Cristi: Rudy, en jeans arremangados y sucios de arena, brindando con un vasito plástico; la casa de tres pisos de los padres de Manca; una piedra con un hueco natural que encontraron en la playa; Modesto, el joven que trabajaba en la casa, paseando con una cuerda al chivito liniero que iban a comerse aquella tarde.

Abrió el cuaderno de Rudy y leyó algunas páginas. La tragedia se había desparramado. Primero, en ejercicios de estructura y de trasfondo; luego, en breves ficciones de un entramado demasiado complejo para dos o tres horas de teatro. No le preocupaba. Los afanes dramatúrgicos de Rudy eran para Niurka terapia ocupacional, un ejercicio que lo alejaría del perico. Cogió la foto de Manca y caminó hasta el balcón para chequear si Rudy venía por ahí y, al verlo caminar de vuelta con una bolsita de papel en la mano, rompió la foto de Manca en pedacitos cada vez más pequeños, piezas irreconocibles que tiró por el inodoro. Quería borrarse a Manca de la mente, borrarlo de la vida de Rudy, a quien había contaminado con su conveniente nihilismo de riquito. Sin Manca, se decía a sí misma, Rudy habría seguido sus estudios de Antropología, sus investigaciones sobre la música afrodominicana, y se habría convertido en un intelectual funcional, en un profesor universitario asalariado, coherente y felizmente medicado, la antítesis del gris ropavejero que regresaba del colmado con gafas de sol pasadas de moda y varias muelas menos.

Se imaginó extrayendo el recuerdo de Manca del cerebro de Rudy en una operación de ciencia ficción, pero descubrió que Manca era una tenia, un parásito longitudinal que todavía ejercía sobre los actos de su huésped una fantasmagórica influencia. Todo, hasta la tozudez con que Rudy pretendía reinventarse, transpiraba a su mejor amigo. Borrar a Manca, pensaba obsesiva. Borrarlo como a ella se le había borrado la noche de su secuestro. Un suceso que solo recordaban los gritos que daba dormida y con los que todavía despertaba a los vecinos. Gritos que en sueños escuchaba gritar a otra, paralizada en una extraña ceguera blanca y que, junto con la cicatriz de la teta, era la única prueba de que Arsenio la había torturado.

El milagro de su amnesia, que no le había confesado a nadie, era la razón de su carrera, de su voluntad de entender la mente humana y sus trastornos. Eso y los trances en los que su vieja hablaba con una voz que no era la suya.

Cuando despertó tras su rescate, estaba en la cama de Milito, el hijo muerto de los dueños de la casa donde trabajaba su madre. La habitación, intacta desde la muerte del muchacho, con sus cortinas llenas de polvo, con su lamparita Tiffany, lucía tan desprovista de información sobre el presente como ella. Sus marejadas de dolor se saludaban con el rastro de Milito y hallaban en la lejana tristeza de su muerte una razón para la sensación de pérdida que tenía en el pecho. Niurka había crecido en ese cuarto, custodia de la memoria de Milito, un privilegio con el que los amos de su madre la distinguieron por sus ojos verdes, por la oportuna presencia de una niña en una casa en la que ha muerto un hijo único.

Nadie en la casa le preguntó por los detalles de lo que yacía bajo las vendas y se unió con el secreto de su olvido a ese esfuerzo colectivo. Un secreto que engordaría con las subsiguientes crisis de ausencia que experimentó en la universidad, breves saltos en el tiempo que al principio justificaba como distracción, estar en el aire, tener muchas cosas en la cabeza, minutos perdidos que sus libros atribuían a pequeñas convulsiones.

Colaron una greca de café y mientras lo bebían Rudy organizó la mesa buscando sin mucho esfuerzo la foto rota de Manca, hablando sin parar de lo que, se daba cuenta, estaba escribiendo. «Un transporte que quizás lo conduciría al ilimitado mundo de la narrativa», para la que, como con todo, se sentía predestinado. Luego hizo silencio, agarró la pluma y el cuaderno, y comenzó a escribir como si Niurka no estuviese en la mesa con él, como diciendo: «Vete a fregar los trastes, ya he sacrificado demasiados segundos de mi genial existencia contigo». Estas cosas ya no la molestaban. Le daban pena, vergüenza ajena; veía en ellas teatritos con los que un pobre perdedor se sentía importante. A ese repertorio pertenecía también el de dejar los casetes que le había traído de regalo de Madrid con el plástico puesto junto al equipo de música por varios días antes de dignarse abrirlos y escucharlos. Niurka abrió uno y lo puso. Era el primer disco de Danzig. Al escuchar «Twist of Cain», Rudy preguntó con altanería: «¿Quiénes son estos?». Niurka se hizo la sorda y lo vio correr hacia la cajita del casete, con interés adolescente, para memorizarse los nombres de los músicos, el estudio, el productor, información que luego compartiría por ahí como si fuese el único experto en Danzig del Caribe.

Niurka sabía lo que faltaba antes de que bajase el telón, Rudy intentaría ocultar su evidente quedaera musical de los últimos años arañando en el baúl de las referencias, y, como esperaba, lo escuchó decir: «Este es el jevo de los Misfits. Este disco lo produjo Rick Rubin, el productor de Slayer. Manca jangueó con Rubin en Los Ángeles».

Manca, que sí sabía de música.

Manca, que conocía hasta al diablo.

Manca, la enciclopedia de bolsillo, eterno redentor de las lagunas de Rudy.

«Manca me lo metió en Monte Cristi –quiso decirle Niurka– por ojo, boca y nariz mientras dormías una juma en el sofá del primer piso.» Sopesó el potencial que esa información tendría para borrar a Manca, como ácido muriático contra su dominio, pero se mordió la lengua por los posibles efectos secundarios de ese tratamiento, mojada en el recuerdo de las tres venidas de aquel sexo sin amor.

Se sintió culpable y asumió como acto de contrición las labores domésticas en las que se había jurado no caer. Sacó la carne de la nevera para guisarla, la sal, el ajo, la cebolla, el aceite, medio pote de pasta de tomate y el frasco de orégano seco que la regresó a aquella Semana Santa, la última vez que estuvieron los tres juntos.

En aquel entonces Rudy era famoso. Famoso en la media isla. Acababa de sacar disco nuevo y cobraba abundantes regalías de los acelerados merengues que componía para las estrellas de la música popular. Los jueves jangueaba en Raffles, en donde celebraba audiencia y recibía ofrendas de pases, pastillas y tragos gratis, y, cuando el tugurio estaba abarrotado, mamadas bajo la mesa. Niurka había venido de Madrid a pasar la Semana Santa con él, que le había prometido playa, sol y sexo, pero seguían en la capital, en un loop de empericados polvos sin orgasmos, resacas matutinas, pica pollo frío y cortinas corridas. Hacia la medianoche llegó Manca, a quien no conocía, con la cabeza rapada y con un chaleco de leather sin camisa. Sus seis pies y su pecho peludo sobresalían entre los cortesanos de jeans prelavados y camisitas de colores pastel. Al verlo, Rudy se trepó a la mesa y se lanzó en sus brazos como una enamorada, y Manca lo cogió en el aire y lo beso en la boca. Manca odió la música que ponían, Wham!, Madonna, Phil Collins, y convenció a Rudy de abandonar el local. Cuando le presentó a Niurka, Manca la miró de arriba abajo, como haría una suegra de alta sociedad, y al parecer aprobó sus stilettos, el vestido strapless de cuero azul marino por el que rebosaban sus tetas, adornadas con un collar de perlas de río que había heredado de la jefa de su madre.

Al amanecer ya estaban en la línea noroeste, en la van de Niurka, que Manca condujo tras arrebatarle las llaves de la mano sin pedírselas, para luego hablar de ella con Rudy en tercera persona todo el camino, diciendo «Esta chamaquita ta loca» o «La chamaquita quiere manillar», haciéndole gestos con la lengua por el espejo retrovisor. Rudy se reía de todos los chistes de su amigo, sin mirar para atrás ni una sola vez.

Cuando llegaron a Monte Cristi, un muchacho salió a abrirles el portón de la propiedad y Manca cepilló gomas contra el camino de piedras hacia la casa. El edificio era una columna de cemento blanco de tres pisos con un deck de madera en cada piso, en el último, con vistas al Atlántico, había una sala con un enorme Iván Tovar en la pared. Rudy cayó rendido en el sofá de la primera planta, con los tenis puestos y la camiseta sucia de vino, y Manca, con la excusa de enseñarle la casa, la encerró en su cuarto en el segundo piso, se bajó el pantalón y empezó a pajearse frente a ella, y ella, que se chorreaba hacía rato, se subió el vestido y se le colgó para que se la cogiera en el aire, duro y hondo contra la pared diciéndole al oído «la chamaquita quiere güevo».

Esos cuernos que le pegó a Rudy la dejaron nítida, crecida. Se lavó de leches en una ducha exterior en el tercer piso y desde allí vio a un grupo de chivos pardos comiendo orégano en la finca de tierra naranja del vecino. Eran chivos linieros, a los que solo había que añadir sal y pimienta, pues esa dieta los sazonaba en vida. La fragancia de las hojas masticadas llenó la mañana y bajó la escalera anunciando, como si fuese dueña de la casa, que iban a matar a un chivo.

El muchacho que les había abierto el portón estaba sentado en una silla esperando órdenes en la cocina. Era un lenguaje que Niurka podía leer, el único alfabeto que su madre dominaba a cabalidad. Le dio dinero para que comprara el animal y para que trajera arroz, guandules, plátanos y cerveza. Rudy se desperezaba en el sofá y ella, que lo encontró tierno como un muñeco de peluche, quiso acurrucarse con él, sentir los pequeños callos que la guitarra le había sacado en las puntas de los dedos.

Manca bajó con una guitarra acústica que le pasó a Rudy y miró a Niurka por primera vez sin la angurria bellaca de la llegada. Eran ojos que curioseaban, que sonreían paralelos a los hoyuelos que se le formaban en las mejillas. Celebró la iniciativa del chivo y, cuando Modesto lo trajo, llamó a Rudy para que los ayudara. Niurka fotografió al chivito vivo junto a Modesto antes de que lo bajaran al patio de gravilla, donde Manca le agarró una pata y Rudy la otra para que Modesto le metiera el machete. Cuando estuvo hecho, Manca, que tenía los ojos vidriosos y llenos de lágrimas, le dijo a Rudy: «Me negarás tres veces». El viento de la playa remeneó los almendros del patio, el olor a sangre se mezcló con el perfume de los oréganos y Niurka se quedó allí con Manca, en silencio, apreciando la habilidad de Modesto para pelar y destazar la cabra, mientras Rudy se escabullía hacia el interior de la casa, dizque a buscar la guitarra, nervioso con las vainas raras de Manca, con sus juegos, que enturbiaban el aire.

Cuando bajaron al Morro, Manca les metió micropuntos de mescalina en la boca, puntitas de lápiz que

Niurka pensó inofensivas. El mar estaba picado y la playa vacía por el miedo que la gente le tiene al agua en Viernes Santo, razón por la que Rudy, supersticioso, se quedó tocando la guitarra en la orilla sobre una piedra como un huevo de dinosaurio. Manca cruzaba el ancho de la playa en estilo mariposa y Niurka flotaba boca arriba con un traje de baño de los años 50 que encontraron en una maleta vieja. La salinidad la sostenía como un colchón y se relajó en el suave chapoteo, con los oídos bajo el agua, sorda al Rudy, que les gritaba «Se van a volver pescaos», súbitamente redondeado e infantil como un angelote renacentista, con su mullet de algodón negro, haciendo aspavientos cómicos en la distancia. Toda resistencia abandonó su cuerpo y el agua cobró una exagerada densidad, la dureza resbalosa de un cetáceo, un animal que se contoneaba reclamando para sí el farallón de la playa, el techo sin nubes del cielo. «Estoy recostada sobre la piel de un leviatán», pensó nadando, corriendo hacia la orilla, tragando agua, riendo de miedo, convencida de que algo así se había llevado a Milito. El Rudy que la sacó de la boca del muerto era un Rudy de nueve años, empanado en arena, como ella. Seres del Jurásico para quienes la ciencia no tenía nombre. La piel de polvo anaranjado reflejaba la luz; en ella crecería el orégano y pastarían los chivos. Sin decirse nada, lloraron por el que iban a comerse, le pusieron nombre, clavaron una ramita seca en la arena a modo de lápida y con esos gestos atrajeron al monstruo, que apareció por el borde de la duna gigante. Tenía la piel verde y una melena gelatinosa; una joroba amarilla le chorreaba caracoles. Rudy y Niurka se abrazaron temiendo que algo peor que Arsenio viniera a cazarlos. Era Manca: iba a dividir el mar en dos con un garrote. Llevaba el cuerpo cubierto por el barro suave y nutritivo de las grietas, una enorme peluca de algas y una boya amarilla, la bola del mundo, en la espalda.

Con el susto se fue también la primera explosión de la mescalina. Hicieron chistes y tomaron sorbos de la cerveza que habían traído en una neverita. Rudy cogió agua con un galón plástico que encontró entre las piedras y, bañándolos, les quitó el barro, la arena, el miedo. Luego les dio gajos de mandarina y les hizo oler la cáscara. Abrió una manta para que se tiraran tranquilos a respirar, a oír el lamer del oleaje y a ver los infinitos pekineses de los que estaba hecha la espuma, perritos líquidos que se debatían el espacio en la cresta de la ola y que se replegaban despavoridos fundiéndose hasta desaparecer. Niurka se insolaba, tendida sobre la manta sin poder moverse, sin poder estirar las manos hacia la neverita, el hielo, la Presidente fría que le salvaría la vida. Rudy y Manca hablaban de las piedras brujas que encontraban apiñadas al pie de la duna, *hagstones*, les decía Manca, piedras en las que el agua, de forma natural, abre un hueco. Había muchas y Rudy no quería cogerlas; temía las represalias de la dueña de ese tesoro, pero Manca ya tenía las manos llenas y le puso una pequeña y redonda como una dona a Niurka sobre el abdomen. La piedra le devolvió la movilidad, la cogió y miró el cielo por el boquete; tres auras tiñosas planeaban sobre la playa, olisqueaban la carroña de su almuerzo proyectando sombras de pterodáctilos en la arena.

«*Catharthes aura* –dijo Manca–, "los buitres del nuevo mundo". Viene del griego *kathartes*, los que limpian, los purificadores.» De una bolsa de plástico en la neverita sacó la cabeza del chivo muerto y la colocó ceremonioso sobre la pila de piedras con hoyos. Las aves descendieron sobre la ofrenda, picando primero la delicia de los ojos, despegando luego la carne del cráneo, en un remeneo de altivas cabezas peladas como la de Manca. Al final de su merienda abrieron las alas para airearlas o para que el sol les diera en su barriga llena, y una de ellas, golosa, intentó alzar el vuelo con la calavera, pero se le salió de entre las garras y cayó al agua.

Rudy afinaba la guitarra musitando; improvisaba, de vuelta al tope del huevo de piedra. Manca se acomodó en la manta con la cabeza sobre una toalla doblada para escuchar lo que Rudy comenzaba a cantar en un cibaeño triste, con la mirada en el horizonte, como si leyese en él las letras:

Olo lelo lei, olo lelo lai
cuando ei chivo vuela

e poique aigo se trai
cuando ei chivo vuela
e poique aigo se trai.

Una sirenita creo que a mí me engaña
una sirenita creo que a mí me engaña
siento entre los ojo su tela de araña
siento entre los ojo su tela de araña.

Sueito entre lo buitre, vienen a comei
sueito entre lo buitre, vienen a comei
cinco bucanero que matamo ayei
to lo infelice que matamo ayei.

Olo lelo lei, olo lelo lai
cuando ei chivo vuela
e poique aigo se trai
cuando ei chivo vuela
e poique aigo se trai.

Ni entra por el hoyo ni sale tampoco
ni entra por el hoyo ni sale tampoco
cáncamo de piedra va a voiveise loco
cáncamo de piedra va a voiveise loco.

Si a mí me dijeran ay que toy aquí
si a mí me dijeran ay que toy aquí
como un Segismundo, me vueivo a doimí
como un Segismundo, me vueivo a doimí.

Olo lelo lei, olo lelo lai
cuando ei chivo vuela
e poique aigo se trai
cuando ei chivo vuela
e poique aigo se trai.

Niurka recogió la manta, sacudió las toallas. Se sentía aludida. «Rudy sabe que le pegué cuernos», pensó. Para ponerse delante, fingió estar molesta con la nota, con el calor. «Estamos deshidratados», decía con una autoridad médica que nadie tenía energía para refutarle. Subieron la escarpada pendiente hacia la van callados bajo el sol desértico de la frontera, cada quien en su cabeza, en un falso silencio que Manca rompió para decirles: «Cuando vengan a cobrarme la deuda de mi padre, quiero que estén conmigo».

«¿A qué deuda te refieres?», le preguntó Niurka, y lo vio temblar en un Speedo que de pronto le quedaba grande; se veía huesudo, ojeroso, tenía miedo. Rudy metió la guitarra y la nevera en la van, y, tras hacer que Manca se sentara en el asiento del copiloto, le limpió la arena de los pies con la toalla. Él se dejó hacer y le dijo a Niurka: «Mi papá me vendió en Manzanillo».

Rudy repartió cigarrillos y fumaron a la sombra del único árbol en kilómetros a la redonda, un cambrón enorme junto al que habían parqueado la van, escuchando a Manca, que hablaba resignado.

«Mi papá llegó de Cerdeña antes de la segunda guerra, pobre pero con conocimientos, hijo de un herrero que fabricaba cencerros. Hizo un pacto con las potencias para ganar dinero, para acercarse a Trujillo, y prometió a su hijo menor, que soy yo, en ese negocio.»

«Eso no tiene que ser así», le dijo Rudy, poco convincente, y luego «Eso son disparates», aunque se le ponía la carne de gallina y Niurka, preocupada por un brote sicótico, le sobó la espalda y armó el regreso a la casa, entusiasmándolos con el chivo, con los cubalibres, los tostones, el agua fresca de la ducha.

Manejó camino a la casa con Rudy, tocando el mismo arpegio disonante en la guitarra, y con Manca, en el asiento de atrás, con los ojos entornados que había visto tantas veces en su pasantía psiquiátrica en Madrid, los ojos de alguien que hace un esfuerzo por evadir las visiones que lo atormentan, que intenta hacer que desaparezcan. Se detuvieron en una panadería y mandaron a Manca a comprar mambá, pasta de guayaba y pan de agua, y Rudy soltó la guitarra, encendió la radio para que Manca no lo escuchara y le ordenó a Niurka: «No le hagas coro con sus loqueras, que se pone peor. Si empieza con los dromedarios, nos jodimos».

El portón de la propiedad estaba abierto y, al entrar con la van por el camino de piedra, un locutor despotricó en la radio contra las medidas de austeridad que el Gobierno había anunciado aprovechando las vacaciones de Semana Santa, contra el FMI, contra los Chicago Boys, convocando a una huelga general. Frente a la puerta de la casa había una mujer con una niña de unos seis años. La mujer llevaba un vestido sencillo; tenía la espalda ancha y el cuello largo y elegante. La niña era idéntica a Manca. Se bajaron y Manca se metió en la casa tocándose el párpado con un dedo compulsivamente, como si fuera el botón de una sumadora, y la mujer le gritó: «¿No vas ni a mirarla?». Mientras, la niña, vestida con un conjuntico de formas geométricas, se miraba triste los zapatos. Rudy entró detrás de Manca, y Niurka, detrás de él huyendo de las miradas de la mujer, de la niña, de Modesto. El filtro lúdico de la mescalina comenzaba a desvanecerse y el afuera regresaba estridente, moral y en vivo. Se sintió juzgada y se arrepintió del micropunto, del viaje, de todo.

Manca se trancó en su habitación con *Defenders of the Faith*, de Judas Priest, a un volumen ridículo. El chivo de Modesto estaba servido y Rudy se sentó solo a la mesa a comérselo ruidosamente; el apetito de Niurka se había estropeado. Se sirvió un trago de ron sin hielo y luego otro mientras veía a Rudy chupar huesos, con la imagen de los pies de la mujer que se había quedado afuera en la mente, una mujer de la misma edad que ella, con los pies, que le había visto en sandalitas de charol, como los de su madre, los pies de alguien que lleva años trabajando descalzo. Atardecía cuando salió a pie de la propiedad buscando a la mujer y a la niña, pero se habían marchado con Modesto.

El silencio de Monte Cristi pronto se vería interrumpido por la música del disco-light del pueblo, merengues que el viento desorganizaba y subía hasta la casa convertidos en estridencias sin letra ni ritmo. Niurka quiso irse, pero llevaba dos días sin dormir y estaba agotada. En la casa encontró a Manca y a Rudy metiéndose perico con la punta de una sevillana y dándose tragos de Brugal directamente de la botella. La música seguía al mismo volumen insoportable, pero ahora sonaba el disco *Guedé*, de Rudy, que ya habían escuchado veinte veces en la capital. Manca entornaba los ojos, se tocaba el párpado cuando pensaba que nadie lo estaba mirando, se tapaba la boca con la mano para hablar, se reía de chistes que nadie hacía. Seguía en traje de baño con coca esparcida en su velludo pecho y, como un presentador de show de variedades, subiéndose a una silla, gritó: «¿Cuántos dromedarios tenemos aquí esta noche?». «Dos –se contestó él mismo–. El de Rudy y el de Niurka.» Rudy se hacía el sordo, improvisando con la guitarra acústica sobre una de sus improvisaciones en el disco, acercando la oreja al diapasón con pose de guitarrista clásico. Sentada en una butaca de mimbre en una esquina de la sala, Niurka suspiraba por una jeringuilla repleta de Largactil con la que traer de vuelta a Manca, a quien veía alejarse por un oscuro túnel junto con el descanso que anhelaba para sí. «¿Cuántas sesiones de electroshock prescribiría para este paciente?», escuchó la voz de su maestro López Ibor preguntarle. «Muchas, muchísimas», le contestó ella, y se vio ejecutando esas órdenes hasta convertir a Manca en un cartero mormón. Pero se hallaba en el culo del mundo, sin medicamentos, sin electrodos, sin los cojones monárquicos de López Ibor.

«En esta esquina –gritó Manca mientras señalaba a Rudy–, antediluviano y musical, de fama salomónica, el diablo cojuelo.» Él mismo hacía los aplausos y las hurras. «Y en esta otra –y señalaba a Niurka y hacía pucheros–, el campeón de la cuadra de los rudos, la ley y el orden, Rocío Peluca.» Se ahogaba en una risa burlona que paró de golpe, como cortada por una tijera.

El cristal de la puerta corrediza que daba al exterior yacía pulverizado sobre el piso de madera del deck como un hielo afeitado en torno a Manca, que, sucio de sangre, gemía tirado junto a la guitarra de Rudy, en cuyo desnucado diapasón se mecían verticales dos cuerdas rotas. Rudy se agarraba la cabeza mirando a Niurka, que entraba en tiempo, buscando sin éxito los sumandos de ese resultado. Desinfectaron las heridas de Manca con ron y lo vendaron con tiras de sábana. Le dieron a lamer coca para anestesiarlo y lo sentaron, hecho una momia, en el sofá de la sala. Rudy barrió los vidrios empujando la guitarra con la escoba como se haría con un montón de polvo, sin reclamarle nada a Niurka, atónito. «La chamaquita voló», dijo Manca con la lengua un poco dormida, y los tres rieron una risa macabra, el único idioma posible en esa frontera. Del marco de metal de la puerta corrediza colgaban picos de vidrio, estalactitas transparentes en la boca de una cueva. Por ella se colaba el jolgorio del disco-light del pueblo y estuvieron escuchándolo en silencio mucho tiempo, apreciando sus resonancias metálicas, su irreconocible humanidad. Era un revoltillo de sonidos, un collage mutante del viento.

Le dijo a Niurka que iba al colmado a comprar cigarrillos y cruzó la calle en esa dirección por si ella se asomaba al balcón a comprobarlo. Cuando el roble de la esquina tapó la visibilidad de su guachimana, viró hacia la izquierda rumbo a la farmacia del barrio. En el puesto del pollero de la cuadra quedaban rastros sin limpiar de su trabajo mañanero. El puesto era una rústica mesa de madera sin pintar bajo un flamboyán gigante cuyas raíces habían levantado el cemento de la acera en pedazos, por lo que era más fácil y seguro caminar por la calle. Sobre la mesa había sangre seca y sangre fresca, y debajo, una cubeta con agua sucia. Las plumas negras con pintas blancas de una guinea recién pelada volaban en la brisita y bailaban atrapadas en las ramas y en las flores de la mata. El pollero o había abandonado la escena hacía poco para atender una emergencia o era un asqueroso que dejaba las vainas a medio talle. «Como yo», pensó Rudy, preocupado por el curso que la obra de teatro había tomado, por la dificultad que le estaba dando terminar las escenas que tenía esbozadas y estructuradas desde el martes, enfrascado en la escritura compulsiva de páginas y páginas de backstory.

Imaginó a sus personajes en una sala de espera de muebles suecos y aire acondicionado, leyendo revistas ignorantes del cadalso que les esperaba tras la puerta. En esa salita Claudio, Guinea y Sayuri se reconciliaban, hacían planes, formarían un trío como el de Venom con el que conquistarían el mundo. Claudio tocaría la guitarra, Sayuri el bajo y Guinea encontraría en la batería el instrumento ideal. Grabarían un disco de black metal con el quinto centenario como tema central, canciones narradas por el alma de un naboría despedazado por una jauría de becerrillos. Ese final feliz lo alegró: se vio de gurú de la banda, en una faceta de productor de metal más apropiada para un cuarentón, y extrañó sus días de ensayos, planes y grabaciones con los mejores músicos del país.

Ninguno le hablaba desde aquel último concierto en la cueva de Santa Ana en el 86, cuando desapareció sin pagarle a la banda con el dinero de la puerta. Era un grupo nuevo con virtuosos metaleros adolescentes que armó para ese concierto y con los que ensayó por meses, prometiéndoles buena paga y fama mundial. En la cueva no había camerino y se metían pases en un área acordonada bajo unas gradas después del concierto, celebrando la multitud aglomerada, los arreglos thrasheros, un futuro que lucía esplendoroso. Juanchi, el bajista, pasándole el perico le preguntó: «¿Tú no eres pana del sidoso?». «¿Qué sidoso?», preguntó Rudy. «Manca, el maricón.» Rudy negó con la cabeza sintiendo el amargo del perico, que le bajaba por la garganta, alejándose de los chistes que hacían sobre las lesiones del cuerpo de su amigo. La promotora le pasó un sobre con los pesos recaudados y, embolillándoselos sin mirarlos, trepó por la cueva, saltó una reja para evitar a los fans y salió hasta la Bolívar. El golpe de la coca triplicó el volumen de la ciudad y la noticia recibida se hizo una con esos ruidos. Agazapado tras un árbol, vio salir de su concierto a la gente, arrebatada y bulliciosa, para coger carros públicos y guaguas, o a montarse de a muchos en carros estacionados en las calles aledañas. La ciudad, la gente, el concierto, todo eran grotescas morisquetas. Él no era maricón. Manca tampoco. Lo que hacían eran cosas de hombres, de emperadores romanos, de míticos guerreros griegos. «Scrás un hombre cuando se lo metas a otro hombre por el culo o cuando te vengas con una ñema adentro», le había dicho Manca. «Los verdaderos afeminados son los breeders, que se conforman con toticos.» Con ese lenguaje y mostrándole el miembro de lúbricas venas brotadas, Manca se lo había parado. Se arrodilló a mamárselo un poco y luego lo volteó para chuparle el culo hasta que Rudy le pidió que se lo metiera, pajeándose mientras sentía a Manca empujarle la mierda hacia dentro como mofongo en el fondo de un pilón. Embriagado en el agrio olor a sobaco de ambos y sometido por unas manos de las que no podía zafarse, se vino más duro que nunca, abandonándose como un soldado muerto a la profanación de sus adversarios. Temió que la gente que salía de su concierto se enterara, temió haberse contagiado. Caminó hasta la Máximo Gómez deseando que Manca se muriera, que se llevara ese secreto a la tumba, y luego, en la cuneta se sentó y lloró. Aquella misma noche, al llegar a su casa, llamó a Niurka a Madrid, que ya lo sabía y le recomendó que se hiciera una prueba. «La familia le sacó los pies. Está en un hospital en Nueva York. Ve a despedirte», le dijo. Estas cosas habían pasado en otro planeta, al otro lado del río de basura en el que llevaba seis años nadando. Un hermoso río de lágrimas que había contaminado con sus esfuerzos por volver a sentir lo que sentía con Manca. Deseaba alcanzar una ribera, el lugar seco y sólido en el que ciertas cosas se convertirían finalmente en pasado.

La farmacia era un local pequeño donde en los 80 solía comprar Dexedrinas con recetas falsificadas. Hacía tiempo que no las tomaba y tampoco tenía ganas de hacerlo. Estaba estreñido. El síndrome de abstinencia había terciado algo duro y largo en su intestino. Le dolía la barriga, la cabeza; tenía que purgarse. La dependienta estaba arrellanada sobre una vitrina llena de lacitos para el pelo y perfumes falsificados. Le vendió unos supositorios y, al cobrarle, le dijo: «Usted se parece a Rudy Caraquita». Se acordó de lo ocurrido en la clínica, de sus temidos parecidos con su abuela. Se estaba convirtiendo en un pariente lejano de sí mismo; quizás había llegado el momento de cambiarse el nombre.

Paró en el colmado y compró los cigarrillos del cuento que había metido y, al pasar por el puesto del pollero, su dueño estaba de vuelta, pelando una guinea. Tuvo la sensación de estar en un tiempo virado como una media, en el que los efectos precedían a las causas, en el que las plumas sueltas en el aire y la sangre derramada producían manos arrancando plumas, guineas que conservaban el cuello. El tiempo repetido del teatro, de la ceremonia, el maldito bucle de las interpretaciones. Pensó en la *Orestíada*, de Esquilo. «Heavy –como decía Manca–, porque matar a tu madre es peor que metérselo.» «Heavy –pensaba Rudy–, porque los dioses le perdonan a Orestes haber matado a su madre.»

Subió los tres pisos hasta su apartamento, entró en el baño, se metió el supositorio por el culo y se acostó en la cama boca abajo unos minutos para que no se le saliera. El olor del café que Niurka colaba en la cocina lo atrajo de vuelta a la mesa, a los papeles, las fotos, la libreta. ¿Qué pensaría Manca de su tragedia metal, de su estreñimiento, de su abstinencia? Se hundió la punta de los dedos en el vientre por encima del jean para sentir la obstrucción intestinal y halló la respuesta: «Mierda».

Se mece en el líquido amniótico como una abuela deshilachando reminiscencias. La piel comienza a cubrir órganos; los órganos se acercan a la forma de su nombre. En esa oscuridad se ensayan dedos; en sus puntas, la idea de una uña. Sonidos afelpados como golpes de almohada alcanzan el tímpano recién estrenado. Es la mano de su madre, que quiere tocarlo; sus dedos estiran la piel del tambor hacia dentro para rozar una columna vertebral que termina en cola. El posterior silencio se puebla con los sucesos que ha llamado *su vida*, recuerdos que el cerebro fetal sostiene solo un segundo. Traga, respira, expulsa la emulsión que lo contiene. Se siente las cuatro patas, el luto cerrado del pelo, el hocico con el que conocerá la desmemoria del mundo neonatal. En el centro del esqueleto de palitos late una lenteja; en su interior, embutidos, los pliegues del abanico emocional, lealtades desconocidas hasta ahora para Asmodeo, pequeño mamífero marinado en un dulce calabozo. No entiende del todo esa marisma, la contundente pesadez occipital, el ritmo permanente de la sangre, el flujo incandescente de los componentes que lo han concebido. En el exterior una boca canta «Mother». Es la voz de un crooner, una voz que imita a Morrison. Se le escapa el primer nombre del cantante de The Doors, «Algo con jota», piensa, y por ese boquete se va también el significado de ese coro y de la palabra *Doors*. Los conceptos, los deseos y las luces que dan vida a los recuerdos se desprenden de su cuerpo en gestación como pétalos marchitos abriendo paso a la fruta. Sus días de serafín y de ángel caído, los acontecimientos inventados y vividos, se alejan agitando pañuelitos blancos desde las ventanas de un tren que también desaparecerá para siempre. Esqueletos de hierro que habían sido columpios. La tierra olorosa de lluvia en Navarrete. Una sirvienta uniformada haciendo chistes con una mano sobre la boca. Un afiche roto de Ozzy Osbourne. El viento que mueve las esquinas de ese afiche. Migajas de pan con mantequilla sobre una libreta llena de garabatos. Garabatos de sangre en el aire. Sangre seca, sangre fresca y sangre coagulada. Copas de plomo envenenando reinas. Música de laúd. Un Sófocles de palo, como un pinocho, recorriendo la muralla china. Un Esquilo de trapo contando hediondos pesos dominicanos. Muchas guitarras y una uña de plástico verde. Música sin escribir, coros que se repitieron hasta el cansancio. El sillón reclinable de los complejos. Un librito manchado de Matos Paoli. Un libro ardiendo en un zafacón. Lorca desplumado en la mesa del pollero. La carne del caballo en el cruce de caminos. El pacto que afina ese instrumento. La noche, indecisas municiones. El día, bendiciones de oropel. Un chamaquito en olla quiere una guitarra eléctrica. Un sofá de leather que se destripa antes de impactar el suelo. Numancia, ¡qué lindo nombre! Niurka, abrigo de mink. Manca, archipiélago de lesiones, en cada punta de hueso cuelga la piel como un toldo. Esqueletos de hierro que habían sido columpios. Los ojos hundidos en la cabeza, con miedo a la particularidad de esa muerte que ha venido a reclamarlo. Vacío del mundo, frío y geométrico como su cama de hierro del hospital St. Vincent en Nueva York.

Una bruma disuelta en el saco amniótico se le mete a Asmodeo por la boca, le ataca ácida los pulmones; hay algo allí con él, algo familiar y peligroso que le habla con una voz que todavía reconoce, la voz del demonio Icosiel.

Icosiel:

Renacuajo, recluso, impermanente,
te saluda quien feliz te viene a dar
la cicuta de tu diminuta muerte
con que deudas de la sangre he de pagar.

Soy demonio enviado y diligente
y a mi yegua una vez le quedé mal
pues juré matar dentro del vientre
a la hembra que hoy te lleva en su morral.

El acuerdo lo firmamos en el río
sobre piedras un gallito a mí me dio
negro eterno como se visten los míos
por el agua la sangría circuló.

Y con ese protocolo ejecutado
hacia un cuerpo dilatado me empujó
la matriz de una puta de soldados
que el amante de mi yegua embarazó.

Era entonces Mireya una semilla
pero escrito en su futuro pude ver
que sería la hechicera de la villa
y pacté ser de ese feto brigadier.

Y hoy me jala por el pelo ese contrato
pues con tinta de la viva lo firmé
a romperte en pedacitos como un plato
que estás dentro del bebé que perdoné.

Asmodeo:

Viejo amigo, soy yo tu canchanchán,
Asmodeo, a quien trampa le han tendido
donde pierdo noción de lo que he sido
donde crezco encarnado en este can.

Icosiel:

Maldito sea mi destino
con lo que llevan las hembras
adentro, es extraña siembra:
brujas, diablos y caninos
nunca mi rol de asesino
me dejan interpretar
lo mío, parece, es salvar
los engendros especiales
pero esta vez son brutales
las órdenes de matar.

Andabas bruto y altivo
detrás de nueva montura
y ha planeado tu captura
un arcángel obsesivo
con aires de dandy divo
me pidió que te espiara
que literatura rara
escribiría contigo
me ofreció a cambio de abrigo
la yegua que me gustara.

Yo le pedí la mujer
que vimos donde Mireya
y en el cuchillo de ella
me he sentado a verte hacer

pero al sentir el quehacer
que ocurría en esta entraña
me atrapó cual telaraña
de cobrador compulsivo
viniendo a trocear un vivo
encuentro aquí esta patraña.

Asmodeo:

Ese arcángel que obedeces te ha engañado
y esa yegua no te puede prometer
pues Mireya en el cuchillo se ha vaciado
va a limpiarse de la carga del poder.

Y esas huestes, desatado torbellino,
que en Sayuri inaugurarán hotel
no andarán con ella a paso fino
no podrás dominar ese corcel.

Ese arcángel pretencioso no calcula
que entre pliegos todo puede suceder
que una idea que con el azar copula
un sol negro parirá al amanecer.

No me mates, te suplico, que es prodigio
este cuerpo que pronto ha de nacer
esperanza de la raza que ostentamos
es perruna redención la que ha de haber.

Estos versos se diluyen en olvido
las palabras, hermano, se me van
el hocico se me tuerce en un gruñido
que los gatos de la calle temerán.

Icosiel:

¡Mierda, mierda, mierda, mierda
sea la suerte de Icosiel!
Siempre es jediondo el cordel
con que el infierno me arrienda
mis planes a la molienda
dime, feto, tú, ¿qué hacer?,
que nacerás de mujer
con pelos, carnes y huesos
 es fabricante travieso
quien en ellos se hace ver.

Andabas tras Azazel,
pero Azazel dio contigo
con un milagroso ombligo
que me permiten hoy ver
ni aún el mismo Lucifer
ha logrado acuerdo así
entrar al mundo y allí
servir amando a un humano
lamer alegre su mano
y olvidar lo que antes fui.

Asmodeo:

Me doy prisa que este vientre
 me enceniza las palabras
que estos adioses del habla
sean en el cielo tu agente
que no quedes indigente
y que te acuerdes que aquí,
misericordia armó en mí
el verso de tu presagio
y lo tocará en adagio,
demonio, gracias a ti.

SÁBADO

.

Un tornado de entidades amorfas y oscuras, como destripadas bolsas negras de basura, giraba sobre la casa de Otilia. Adentro flagelaban el aire como un fuete de hollín, ensayando formas, casi todas parecidas al gusano, con las que introducirse por la última barrera hacia el cuerpo de Sayuri. Ignorantes al asedio, las dueñas de la casa habían cerrado las persianas para evitar otro, el de los gritos del funeral de la mayor de las Gallardo, a quien velaban en la casa de enfrente en un ataúd de pino sobre dos sillas de plástico. El colmado había suspendido la música por respeto a la familia y los vecinos bebían ron y cerveza en banquitos de madera en la acera, comentando por lo bajo los detalles del accidente mientras las voces de las dolientes alcanzaban la avenida.

Sentada a la mesa de su comedor, Otilia podaba con una tijerita las hojas amarillas de un café de la india, tratando de salvarlo, meneando la nariz, como si con ello evadiera el tufillo a rata muerta que sentía en la casa. El helecho de la puerta de entrada se había secado de un día para otro y junto a él la flor de pascua languidecía cabizbaja. Chequeó con el rabo del ojo a su hija, que frente al espejo se cerraba el corpiño de cuero negro que su tía le había mandado de Holanda, un corpiño que tenía prohibido ponerse y en el que se miraba de espaldas, de frente, de lado, gozándose con una sonrisa que su madre iba a borrarle de la cara. Otilia se masajeó la frente estirando el pulgar y el índice para sobarse las sienes, intentando aplacar una ira que comenzaba a hacer girar los pensamientos junto con el café de la india, el cuerpo de Sayuri, el corpiño y la tijerita. «Cálmate Otilia, cálmate», se dijo impotente ante la ventolera interior, brutal, como la que había arrancado las hojas de zinc de los techos de Monte Cristi durante el ciclón David. Con aquellas navajas gigantes el viento decapitó a un par de vecinos cuyos cuerpos, que aparecieron cerca de la glorieta del parque, parecían muñecas desechadas por una niña malcriada. De niña Sayuri hacía ese tipo de cosa a las suyas: les arrancaba las piernas, les sacaba los ojos. Eran muñecas que le regalaban a Otilia en las casas que limpiaba, muñecas caras pero en las que el uso había dejado su rastro en las puntas quebradas del pelo o en forma de mancha en algún lugar de la ropa. A Otilia esos torsos de plástico, que su hija cubría de garabatos con un bolígrafo, le daban miedo y los enterraba en la tierra roja del callejón temiendo la noche en que asomarían sus caritas tuertas por la ventana. Ella no había tenido muñecas: vestía huesos de chivo con trajecitos que hacía con la tusa del maíz. «Basura –le decía Sayuri–, jugabas con basura.» «Basura –pensó Otilia– es todo esto que da vueltas, esta mata, ese corpiño, esa sonrisa.» Tiró las hojas secas dentro de la maceta y caminó hasta la habitación, con la tijerita en la mano, enterrándose la punta en el centro de la palma.

La descompuesta cara de Otilia surgió sobre el hombro de su hija en el espejo. «¿Dónde tú te cree que va?», le preguntó, y Sayuri le contestó arreglándose las tetas: «A un concierto». Otilia la haló por el corpiño y trató de cortárselo con la tijera, haciéndole daño, hincándole los bordes del metal en la espalda, pero Sayuri la metió de un empujón en una esquina del cuarto y la tijerita chocó metálica contra el borde de la persiana. En ese instante solo fue sólido el túnel que se abrió entre ambas, un esófago atorado por las ganas que tenían de despellejarse. Otilia se levantó de un salto mostrando encías y agarró a Sayuri por el pelo, le clavó las uñas, escupió palabras deformes y saliva. La cajita de música, los desodorantes y el walkman salieron volando y se descoñetaron sobre las losetas. La aglomeración de espíritus se replegó como una ola, cogiendo impulso, haciendo vibrar las telarañas llenas de mimes en las aristas del techo. Sayuri mordió la muñeca de su madre cerrando los dientes hasta verse libre y agarrar por el mango lo único que quedaba entero sobre la cómoda.

Ese no era el plan. El plan era que Claudio llevara a Sayuri a un concierto. Que Guinea, colado en el baúl de la jeepeta de Claudio, los siguiera. El plan era que Sayuri, autómata en la muchedumbre, rumiara la verdad que su madre le acababa de soltar. Que Claudio, ignorante, la sacara del concierto y la llevara a caminar por el parque Mirador, intentara besarla, convencerla de hacerlo otra vez. El plan era que Sayuri lo rechazara, que Claudio se pusiera violento y que Guinea lo matase con el cuchillo. Que Claudio, en el umbral de esa muerte, recibiese la carga del cuchillo, los seres que buscaban posada en Sayuri. Que el hoyo de la herida de Claudio los absorbiera, que su alma y las sabandijas se unieran para deambular eternamente. El plan era que Claudio se convirtiera en el verdadero chivo expiatorio del levítico, y no en el redentor que pretendían los demonios. Claudio el Azazel, ese era el plan. Pero algo había empujado la escritura hacia otro norte en el que la vida de Otilia peligraba y Claudio desaparecía como un decoy.

234

No tenía sentido, como ir a un bar y no beber, una prueba a la que Niurka lo sometía porque quería que escuchara a una cantante «buenísima» que tocaba los sábados en una barra de lesbianas. Etcétera era una casona sin la pared frontal, que habían tumbado para dejar abiertas la sala, con una pequeña tarima al fondo, y una habitación que albergaba la barra y una mesa de billar siempre activa. Niurka y Rudy estaban sentados en la galería por la que la gente entraba al local y nadie se había detenido a saludarlo, a pedirle un autógrafo, nadie ni siquiera lo había mirado mal. Miraban a Niurka con deseo, con cariño; la reconocían mientras él chupaba 7Up por un calimete pensando en su maltrecha tragedia. Roció con limón el chicharrón de pollo de la picadera y se metió un pedazo a la boca preguntándose «¿Por qué Otilia?», intentando encontrar en ese final inesperado un final que sentía se había orquestado en otros escritorios, la desembocadura trágica perfecta. La carne frita con sus huesitos visibles en el plato de foam le resultó macabra. Mataba el hambre mientras decidía la suerte de Otilia, la más vulnerable de todos sus personajes, como un burócrata del sufrimiento. El Impala de Arsenio olía a fritura, a longaniza; la alfombra estaba llena de las servilleticas sucias con las que aquel hombre se había limpiado la boca antes de secuestrarlo. Recuperó a todo color esas servilletas de bordes manchados de grasa en las que fijó la vista mientras yacía en el piso trasero del carro. Un puño en la boca del estómago lo había convertido en un muñeco plegable y otro en el oído lo tuvo callado hasta Mata Hambre, en donde subiría las escaleras abrazado a Arsenio como un marinero borracho. Al igual que entonces, necesitó alguna forma de anestesia, ron sin hielo, un pase, veneno. Se levantó a pedirse un trago, pero el aplauso que recorrió el local lo devolvió a su asiento. Las manos se chocaban para un cuerpo que, vestido con jeans de fuerte azul oscuro, camisa de botones y unos Adidas viejos color mostaza, avanzaba hacia la tarimita. Tenía el pelo afeitado a los lados, como un Elvis canoso, y a aquella cara de bigotito adolescente Rudy no sabía si echarle cincuenta o veinticinco años. Se acomodó la guitarra sobre la pierna, tocó el comienzo de «Los ejes de mi carreta» y, al cantar, su voz arrastró a Rudy hacia el patio de tierra roja, décimas y pizarras sucias que habitaban los dioses. La nariz se le llenó de aquel polvo de hojas secas de cucalipto y tragó duro, chisporroteando lagrimitas que cayeron en el 7Up.

«Es Ifigenia», dijo en voz alta agarrando a Niurka por el brazo, sacudiéndola. «Es Ifigenia», dijo otra vez derramando 7Up al suelo, atrayendo al fin las miradas de dos o tres fans de la cantante. Era Ifigenia, una Ifigenia sin hábito, con veinte libras más, de hombros que llenaban la camisa, de gestos masculinos, la aspereza de la voz daba coherencia a un conjunto que le recordaba a Rudy algo de sí mismo.

Ifigenia, que le llevaba media década, lucía ahora como el Rudy de quince años que había echado a Sófocles al zafacón. Buscó en ese cuerpo a la doña correspondiente, la cincuentona paridora de bata de estar en casa que había sido su abuela, que habían sido su madre y sus hermanas, pero solamente lograba ver a un muchacho que fumaba entre canciones, un chamaco canoso, de arrugas que acentuaban las formas cuadradas del rostro.

Cuando terminó el set, tras una ridícula peregrinación de tres metros, se acercó tímido y sobrecogido a la tarima, con las manitas juntas bajo el vientre. Ifigenia lo reconoció y sonrió una sonrisa torcida, una mueca que de monja no había hecho nunca; se puso el cigarrillo en los labios y abrió los brazos como diciendo «Ven, abrázame», y Rudy la abrazó, llorando y riendo en una caótica solicitud de perdones. Quiso presentarle a Niurka, pero la encontró al otro lado de las mesas, con la dueña del local, una mujer muy alta de chaqueta sport y camisa de lino blanco que la cogía por la cintura chocando su trago con el de ella. Deseó para sí esa seguridad, ese exceso de Drakkar, la gruesa billetera en el bolsillo trasero del pantalón. Deseó esa forma de acercarse a Niurka, deseó ir al baño y que se le cayeran al inodoro el pene y los cojones para dar paso a una vulva menstruante que llevaría en apretados pantalones de cuero negro.

Gini, como Ifigenia pidió que la llamara, lo sacó de esas codicias y lo echó a la calle, donde las mujeres bebían y fumaban sentadas en los bonetes de los carros; piropeó el Chevy, lustró la aleta blanca de la cola del carro con la manga de su camisa. Rudy le tiró las llaves por el aire, una prueba de masculinidad que deseó no pasara, pero el llavero fue a parar a la mano abierta de la exmonja como si fuera un poderoso imán. Colocaron la guitarra en el asiento trasero, una resonadora Gretsch con cuerpo de metal. Cuando el carro echó a andar, Rudy la chequeó por el retrovisor; reflejaba las luces de los postes, los camiones y los semáforos, colores fugaces que duraban un segundo. Miró a la conductora de reojo y temió que, como esas luces, desapareciera, que fuese un efecto óptico y no esa especie de milagro que nadie iba a creerle.

Cruzaron por debajo del puente seco de la Italia hacia la avenida Anacaona y la recorrieron en un silencio que Rudy, un poco arrepentido de haberle dado las llaves a Gini y de haber suscitado un forzoso ride, no sabía cómo romper. Tenía muchas preguntas que hacerle. Quería saber, sobre todo, qué había pasado con aquella monjita del colegio que ya en aquel entonces, cuando lo encontraba bajo el eucalipto, podía leerle los pensamientos. Como si lo escuchara le contestó: «Me metí a monja porque no veía otro camino». Más cómodo en el hielo ahora roto, Rudy se puso dos cigarrillos en la boca, los encendió y le pasó uno. «Mi papá no iba a dejar que me fuera de la casa sin casarme.» Rudy la imaginó sin hábito en un conuco mocano planificando su salida del ambiente familiar. «La novicia rebelde», le dijo atreviéndose a mirarla de arriba abajo, los nudillos, que siempre habían sido gruesos; los labios, que volvían a producir la sonrisa torcida de la barra. «¿Sigues tocando ese ruido espantoso?», le preguntó ella devolviéndole el chiste. A él le dolió un poquito, hizo silencio y no halló otra cosa más importante que decirle que «Intento escribir una tragedia». Gini dobló en la Luperón hacia el paseo de los Indios y se estacionó sobre el farallón del parque Mirador. «Hasta aquí llegaba el mar», le dijo Rudy sentándose con ella en el capó a contemplar, desde el empinado arrecife sobre el que Balaguer había construido el parque, el trozo de Santo Domingo que algún día inundaría un tsunami. Con aquel corredor verde, paralelo al Malecón, cuya franja azul podía verse desde ahí de día, Balaguer se colocaba por encima de Trujillo y de su corredor marino. Esta era una teoría de Rudy, que dijo «Viejo perverso» imaginando la enorme ola que borraría el legado arquitectónico trujillista y que se detendría a los pies del Mirador.

«¿De qué trata tu obra?», le preguntó Gini encendiendo un cigarro con otro. «Empecé con un chamaco que quiere una guitarra eléctrica y luego fue sobre una hija de la calle que se coge a su hermano, un riquito que se está volviendo loco, pero ahora parece que es de una empleada doméstica con una hija que la odia.» Ella lo miró poco convencida y él intentó explicarse mejor: «Es una tragedia de clase». «Suena muy complicado –le dijo Gini. Y añadió–: ¿Quién es el héroe trágico?» «No tengo idea», le contestó él botando humo por la nariz. En ese instante recordó que había dejado botado a Guinea en el techo de la casa de Otilia. Lo vio agazapado en el callejón trasero de la casa, testigo silente de la trifulca entre madre e hija. Lo imaginó metiendo una mano por la ventana para agarrar a Sayuri, para hacerla soltar el cuchillo. Lo imaginó logrando acceder a la casa, colocándose entre madre e hija y recibiendo la puñalada destinada a Otilia.

«Tengo que matar a alguien –le dijo a Gini–, pero me está dando trabajo.» «Me mataste a mí en una canción», le dijo ella bajándose del bonete y trepándose a un banco de hormigón armado sin dejar de mirarlo. «Pensaba que ya estabas muerta», dijo él. Gini puso cara de resignación. Allí arriba, con las manos en los bolsillos y el cigarrillo apretado entre los dientes, era el monumento a un prócer finisecular que vendrían a ensuciar las palomas del futuro. «Un poeta trágico con miedo a matar a sus personajes», dijo al bajar de su pedestal para montarse en el carro, del lado del copiloto. Rudy la siguió, cerró la puerta y le dijo: «Los héroes trágicos de Grecia ya estaban jodidos en el mito cuando esos cabrones escribieron sus obras». «¿Quieres que te dé permiso para matar a los tuyos?», le preguntó Gini, visiblemente aburrida.

«Coge por aquí», le ordenó señalándole la próxima salida, guiándolo hacia los condominios del principio de la avenida Anacaona. A Rudy le pareció curioso que Ifigenia viviese en ellos; eran, al igual que Mata Hambre, obra de Balaguer. Un regalo para la clase media alta destilada en los doce años, gallinas apolíticas para las que había separado aquellos kilómetros de parque desde donde lo devolverían al poder en el 86.

Subieron al séptimo piso por el ascensor. Gini, que llevaba la guitarra consigo como si fueran a dar una serenata, le dijo: «Aquel día en el patio del colegio, cuando te vi echar mi regalo al zafacón, fui a mi celda a buscar ropa de civil para largarme y, mientras me rompía el hábito, te maldije con un odio que me salía de las entrañas. Pedí que el mal te pisara siempre los talones. Perdóname. Te libero de esa maledicencia, de la suciedad de mis palabras. No me debes nada. He sido feliz, soy quien soy gracias a ese libro de Sófocles en la basura».

Al salir del ascensor, el pasillo estaba a oscuras. Gini abrió la puerta y entraron a un apartamento de muebles de estilo victoriano, de gruesas cortinas y mesas con topes de espejo de los que se excusó informándole que era el apartamento de su hermana. Salieron al balcón a fumar; la postura informal de Gini contrastaba con la teatralidad del mobiliario. Rudy la imaginó siendo otra, la mujer que había decorado aquel apartamento; la maquilló en su mente, la vistió y esa versión le pareció tan anquilosada como las figuritas de Lladró que había por todas partes. Se le antojó que esa Ifigenia tendría también una hija igual de ornamentada, inmovilizada por la carga de esos atavíos, una hija que la odiaba. Como Sayuri a Otilia. Era más cómodo matar a la dueña de una casa en la Anacaona, matar a un personaje que cargara igual que él las culpas del privilegio, una estatuilla en un paisaje diseñado para borrar injusticias. «Pero esa sería una comedia», pensó sacándose un papel del pantalón. Eran las décimas que había escrito para Otilia, la de Los Girasoles, sus últimas palabras. Entró a la sala, se sentó en el sofá Luis XV de floreada seda fucsia e interpretó para Gini aquellos versos, imaginándose en la mano que la artritis le había deformado a Otilia un sangriento plumero negro, hecho con las plumas que había visto el día anterior, plumas atrapadas en las ramas de un flamboyán tras ser arrancadas por el pollero.

Otilia:

> *Que me entierren una daga*
> *a la altura del ombligo*
> *duele menos que el castigo*
> *de ver que por esta raja*
> *salió una que se le abaja*
> *a los mismos asquerosos*
> *que envenenaron el pozo*

de agua dulce que tenía
metiéndole porquería
lo volvieron calabozo.

Ni trece años me hacía
cuando mi pai me cambió
por el dinero que yo
en ese entonces valía
y el cuerpo me crecería
en la casa de cemento
donde infinitos tormentos
de esa gente aprendería
de ese abuso nacería
el engendro al que hoy me enfrento.

Hay plumas que son del viento
que sirven para volar
pero las mías a limpiar
siempre van en este cuento
porque servir no es talento
y ensucia a quienes serví
que sirva el crimen que aquí
se comete en contra mía
para limpiarme, es mi día,
de lo que Dios me hizo a mí.

Cargaré con el paquete
que en este arreglo me dio
pero bien sabe que yo
también dejaré un boquete

que pedirá su filete
estas son mis condiciones:
uno de los cinco dones
con que el autor ha nacido
se viene ahora conmigo
a errar en las dimensiones.

El aposento huele a Arsenio, trescientas libras in-
móviles en un calor que no logran aliviar los dos
abanicos de pedestal que soplan, uno rosado y otro
azul celeste, a ambos lados de la cama de posiciones. Hace días que no le cambian la pijama, un pantalón que apenas cubre dos miembros desbordados
entre barandillas de seguridad. La máscara de oxígeno, conectada a un tanque cubierto de óxido, escon-
de el gesto de incomodidad. Otra manguera recoge
en una bolsa transparente lo que una sonda extrae
de la uretra. La cabecera está centralizada bajo una
persiana de aluminio por la que entra completa la
chercha del fin de semana: fichas de dominó contra una mesa, botellas de vidrio que se entrechocan
y se rompen, risas de familiares que llegan sin avisar, niños que juegan vitilla, un televisor encendido
y sin espectadores en el que Chayanne interpreta
«Tiempo de vals».

A la izquierda de la cama hay un closet con una cortina de raso, y a la derecha, en la pared pintada de

gris, dos retratos con marcos de flores de cobre. En uno el doctor Balaguer le da la mano al coronel Regalado, el jefe de Arsenio; en el otro aparece su madre, muy joven, con el pelo partido en dos por una línea hecha con una regla. Frente a la cama hay una cómoda con espejo de finales de los años sesenta, cuando se mudaron al apartamento y Arsenio estaba en buenas. Las gavetas están vacías, excepto por una que contiene las corbatas, los relojes y los gemelos que el coronel le regalaba cuando, al final de cada década, pasaban de moda. Sobre la cómoda hay una enorme polvera de cristal cortado con su mota y, junto a ella, en un platito de cerámica, se quema una vela en espiral contra mosquitos.

Hace tiempo que Arsenio no se fija en estas cosas, demasiado ocupado con su apretada agenda de dolores, procesos corporales que se han ido fundiendo con episodios de la memoria y que ruedan hasta completar su ciclo como cuentas de un rosario por el hilo de las horas. El bullicio de la calle es un refugio, colores que lo distraen de la insistencia del tinnitus, una chicharra que le suena en la cabeza y que cuando los vecinos se acuesten se quedará con todo, guardiana de la vigilia que también demanda la remembranza.

Cuando todavía le salían las palabras, pedía que le dejaran la radio encendida junto a la cama, pero Mireya se la retiró para que los Valium recetados por el doctor del Moscoso Puello le hicieran efecto. Ni los Valium, ni el Halcion, ni el Ativan logran tumbarlo. Le enlodan la lengua, le empolvan la vista, dejan a oscuras la sala de teatro en el interior de Arsenio en la que presencia siempre la misma función. Una nube de moscas se disipa y deja entrever el rostro de un muñeco de trapo al que le sale colcha espuma por la boca. No es un muñeco: es su hermano pequeño, asfixiado con los trocitos de colchoneta que ambos se metían en Azua para saciar el hambre. Remolinos de hormigas terminan de saciarse con los ojos; las manitas se hunden como raíces secas en la arena. La nariz, con mocos secos como esa arena; los dientecitos, aún salientes, imitan una horrible ternura; una red de venas hirsutas cubre la protuberante barriga. Levanta el muñeco y corre con él hacia la plaza del pueblo llorando desesperado entre la gente. Los billeteros, los limpiabotas y los militares se acercan a mirarlo y lo obligan a colocar el cadáver en un banco bajo una ceiba centenaria; las mujeres lloran gritando el nombre de su madre: «Hilda, cuero, asesina». Los militares apartan a Arsenio del cuerpo y lo arrastran hasta una casa en la que le dan agua y le hacen subir las escaleras hasta un balcón desde donde puede verse completo el rectángulo de la plaza. Allí, expectantes, los señores, los sirvientes y los militares señalan una turba que baja por la calle del cementerio viejo con Hilda, su madre, por las greñas. Arsenio, aferrado al balaustre de madera color vino, no ve lo que la gente hace con ella, pues el grupo se cierra sobre sí mismo y todos esos cuerpos son por unos segundos una misma cosa. La escena viene acompañada de un dolor agudo y metálico en las articulaciones, la mandíbula, el esqueleto. La queja de unos huesos sometidos a un gran peso. Arsenio teme que se le rompan en pedacitos dentro del músculo, que se disuelvan en él como un Alkaseltzer. Teme la boca que se saborea con la dulzura que promete dicho tuétano. Cuando se aparecía con algo que comer, su madre chupaba los huesos y luego los masticaba. Sus dientes eran lindos y blancos, y siempre tenían algo de carmín en una esquina. De niña Mireya tenía la misma maldita costumbre. Tallar huesos con las muelas. Fue lo primero que Arsenio le prohibió cuando se la trajo a vivir con él en la capital, cuando la sacó de Azua para protegerla del hambre y de la colchoneta, el lugar donde trabajaba Hilda frente a él y frente a su hermano.

El dolor de huesos se disuelve en la sangre, cemento líquido que viaja por las arterias hasta aglomerarse en un corazón que solo encuentra alivio en el sufrimiento ajeno, la práctica medicinal que descubrió el día en que sacó su primera uña con un alicate. La uña se desprendió como la escama de un pez, sin esfuerzo, sucia y larga porque era la uña del loco del pueblo. Los gritos de aquel ensayo en la finca de Regalado habían surtido en Arsenio el mismo efecto que un volteo de arroz con habichuelas; eran gritos que nivelaban el mundo, que tapaban huecos, que saciaban el hambre.

La cabeza se le va a reventar. Con el guayo que raspa la chicharra, con las uñas arrancadas estirando al máximo los vasos capilares, con los gemidos de Mireya, que, de patas abiertas al pie de la cama, se toca la cosa dura como una bola de billar que quiere salir por su vagina. En ese umbral del dolor, los objetos son aglutinaciones atómicas, un horizonte de fuelles que el pujo de Mireya quiebra. Puja y los retratos se tuercen en sus clavos, puja otra vez y detiene el tiempo en sus goznes, puja y una mantequilla de luz unta la superficie de las cosas. Mireya expulsa por fin un bulto baboso y luego, estremecida, una pequeña placenta. El ruido de la calle se recompone en un bucle que canta «*kadosh, kadosh, kadosh*» antes de que una llovizna descongele los relojes.

Agazapado: esa era la palabra. Una de las muchas que su tío Senaldo le había hecho memorizar frente al diccionario. Lo abrían al azar, en Monte Cristi y luego en la capital, deslizando el dedo índice por la página del Larousse con los ojos cerrados. *Mazmorra*, oyó también, *cortijo* y un poco después *parteaguas*. Las escuchaba deletreadas en la voz de su tío, sardónicas e inútiles en el callejón que separaba la casa de Sayuri de la del vecino y al que daba la persiana de la única habitación. Llevaba dos días escondido, de día, en aquel corredorcito y, por la noche, en el techo. Sayuri le había pasado comida por la misma ventana a la que se asomaba arrodillado, testigo de lo que ocurría adentro frente a un afiche de Caravaggio que le había regalado a su amiga cuando todavía pensaba que sería su novia. «Son dos efigies», escuchó a Senaldo decir en su cabeza, a las que el odio había convertido en estatuas. Duró unos segundos inmóvil como ellas, ebrio en la voluptuosidad de los insultos que Otilia emitía sin moverse, mientras Sayuri la miraba en una sudorosa parálisis con el cuchillo en la mano. Cuando los cuerpos de las mujeres se unieron y Otilia cayó al piso con los ojos abiertos, el techo de la habitación se abrió en un remolino de tripas y humo, un embudo gigante hacia la herida de Otilia, por donde desapareció. «Ábreme la puerta», le pidió a Sayuri, y ella fue y le abrió mirando a ningún sitio, como una sonámbula, partiendo un aire que estaba lleno de gritos por una muerte que no era la de su madre. Él le quitó el cuchillo, entró a la habitación y se mojó la mano en el charco que se expandía junto a la cama para marcar el mango con sus huellas. «Sal y pide ayuda», le ordenó, y Sayuri, bañada en sangre, sin poder armar ni una sola palabra, salió a la calle.

DOMINGO

PREDICCIONES

La sombra de los laureles se proyectaba gris sobre la acera, manchas salpicadas por el rojo de los frutos que caían de la mata en otoño. Eran los árboles sembrados por Trujillo después del huracán San Zenón. Durante los doce años de Balaguer entrecruzaron las ramas de sus copas a lo largo del trayecto de los carros y formaron un largo túnel de cúpulas llenas de pájaros en el que la temperatura bajaba dos o tres grados. A esa hora la avenida Independencia estaba casi vacía y Rudy, Niurka y Rocío avanzaban a pie en silencio, en una peregrinación hacia Mata Hambre que Rudy prometió harían si terminaba la obra.

Iban en contra del tráfico, cada uno en lo suyo, viendo la ciudad desperezarse sin prisa porque era domingo y, excepto por alguna cafetería, los negocios estaban todos cerrados. Se detuvieron en una paletera frente a Bellas Artes para comprar cigarrillos y café en vasitos plásticos. Una brisa cálida subía del mar y traía con ella hojas secas, arena y basura del fin de semana que, al rodar, producía agradables ruidos de escoba gigante.

Niurka fumaba fijando los ojos en el suelo mientras pisaba las bayas del laurel, un juego de su niñez, absorta en el blando crujir de las frutitas destrozadas. Cruzaban la zona Universitaria, el barrio en el que se había criado y en donde su madre servía uniformada el desayuno a sus jefes de toda la vida. Levantó la vista para mirar la calle que la conduciría a esa casa, pero ese no era el destino. Dejaba atrás esa posibilidad, con un interés científico en lo que la última escena de la obra de Rudy le había hecho desear. Matar a su madre, matar por lo menos eso que no quería heredarle, el uniforme azul, las encías sin muelas. Rudy le había hecho ese regalo, la escena la había desembarazado de un deseo añejo, le había mostrado dónde estaba escondido. Atrapado entre las letras escritas a mano por su amigo, como el sucio en las cerdas de un cepillo, había quedado también su remordimiento. Niurka se limpiaba en él, con él; quizá esa potencia era la razón de la inestabilidad de Rudy, de la cara de desolación con que miraba hacia adelante, huérfano de sí mismo.

Llevaba limpio una semana, una eternidad que había llenado con la escritura de la obra y en cuyo límite caminaba funambulista, buscando razones para no salir corriendo a llamar al pusher. Debía mantenerse activo, componer la música que acompañaría la

obra, pensar en un título, afinar todas sus guitarras.
Al otro lado de la avenida unos obreros haitianos
metían mano con una torre de las muchas que comenzaban a alzarse, grises y monótonas, por todo
Santo Domingo. Los ruidos de sus picos y sus pa-
las llenaban de íes y erres el descanso dominical. Así
tenía que trabajar él para sanarse e imaginó el caldero de arroz, rendido con levadura y con una única
lata de sardinas disuelta entre los granos, que aquellos hombres iban a almorzarse. Faltaban tres cuadras para llegar a Mata Hambre y quiso devolverse,
dejar a Niurka tirada, pero le vio una sonrisa rara y
aceleró la marcha para darse ánimos.

El tufo a agua aposada era el mismo de siempre, pero las baladas del colmado se habían sustituido por
cánticos pentecostales que salían a golpes de pande-
reta de un apartamento en el primer piso. Niurka
tocó la puerta y Mireya la entreabrió asomándose
con cara desconfiada. Llevaba el pelo estirado hacia
atrás en una trenza de pelo sin teñir y una camisa
de hombre abotonada hasta el cuello. Reconoció a
Rudy y los dejó pasar; la casa era la misma de 1969,
excepto por los adornos de las paredes, los santos
y las cruces, que los habían retirado. Sobre la mesa
del comedor había una biblia abierta en Hebreos y
llena de anotaciones en bolígrafo rojo. Mireya la cerró sin ofrecerles que se sentaran, moviéndose como alguien que ha pasado un bombardeo y espera
a que se reanude en cualquier momento.

«¿Quieren ver a mi padre?», preguntó con las manos unidas en la espalda. Ellos dijeron que sí y la siguieron hasta el cuarto.

Las respiraciones de Arsenio lo llenaban todo. Había perdido peso y la piel comenzaba a colgarle de los músculos. Niurka se acercó a mirarlo como se hubiera acercado al hombre que la había concebido, un desconocido del que tampoco guardaba ningún recuerdo. «Su cara es hermosa –pensó–, infantil.» Sus ojos, entornados y tristes, le devolvían la mirada sin reconocerla. Rudy se asomó por encima del hombro de Niurka sin encontrar en aquel amasijo a la mole que lo había metido como a una marioneta en un Impala. «Este río ya lo crucé», pensó preso de una extraña calma, imaginando la muerte de Arsenio, anónima y patética en su cama de posiciones. Rocío había previsto otro desenlace, no este despliegue de comprensiones y, frustrada, cayó en un trance de profecía. Vio a Niurka de mayor, igual que de joven, gritando desgañitada todas las noches en sus pesadillas. Vio a un Rudy de barba canosa en un teatro dirigiendo a una actriz de cabeza rapada envuelta en una sábana. Vio a Mireya, famosa en Mata Hambre, la poderosa pastora frente a cuya puerta harían fila los endemoniados, y por último vio a Arsenio. Ascendía por un túnel de nubes hacia una luz de colorete nacarado, arrebatado con su cuerpo de niño en mieles de misericordia, liberado de toda culpa por quién sabe qué podridos tribunales. La injusticia de ese perdón la hizo estallar en un concierto de obscenidades por el que descendió millones de pisos, desamarrada definitivamente de Niurka y de su madre, de Rudy y del tiempo espacio del mundo.

Niurka y Rudy salieron del apartamento sin despedirse y bajaron las escaleras con un nudo en la garganta. Iban a emprender el camino de vuelta, pero algo se movía en la cuneta, bajo las javillas. Estaba cubierto del limo grueso y hediondo que tapaba las alcantarillas y abría el hocico para respirar con párpados cosidos por el sucio. Era un cachorro. Niurka hundió los dedos en la baba para sacarlo y Rudy se quitó la camiseta para limpiarlo y lo envolvió con ella, pues tiritaba. El animal lamió los dedos de ambos abriendo poco a poco los ojos, que eran de un amarillo muy intenso, como esos peñones de ámbar que guardan intacto un insecto prehistórico en su interior.

ÍNDICE

1992

LUNES

MARTES

MIÉRCOLES